講談社文庫

湯布院殺人事件

内田康夫

講談社

「湯布院殺人事件」目次

湯布院殺人事件

プロローグ

その朝、由布院《ゆふいん》盆地はドップリと、薄むらさきの霧に沈んでいた。

別府《べっぷ》から峠を越えてくる旅人の目に、まるで、淡く煙る山上の湖がそこにあるような錯覚を抱かせる。

周囲を山に囲まれた盆地のそこかしこから地上に溢《あふ》れ、野を流れる温泉のせいで、湯布院《ゆふいん》には一年を通じて霧が発生し、風のない朝など、立ちこめた霧が晴れもやらず、こうして夢幻のような風景を現出する。

盆地を囲む山々の中で、ひときわ高く偉容を誇示しているのが由布岳である。

由布岳は標高一五八四メートル。八合目から上はほとんど露出した火山性の岩山である。黄色味を帯びた褐色の岩肌が、蒼天《そうてん》に屹立《きつりつ》したさまは、「ゆふいん」という柔らかなひびきのある地名とは対照的に、怪奇な雰囲気を醸《かも》し出している。

由布岳の山頂付近には、昨夜のうちにわずかな積雪があった。上空の大気が冷え込んだこういう朝は、霧が発生しやすい。

陽が昇り、温められた山肌に上昇気流ができると、澱《よど》んだ霧は動きはじめ、渦を巻き、やがて複雑な縞模様《しまもよう》を描きながら天空へ駆け上がり、消えてゆく。

霧が薄れるとともに、盆地の風景が見えてくる。まだ黄色く枯れたままの田畑。Yの字に盆地をよぎる川筋。いくつかのビルはあっても、全体としては地を這《は》うように丈の低い家並み。とりわけ盆地の東側の半分は、まだ藁葺《わらぶ》き屋根さえ残る、牧歌的な田園の風景である。

久大《きゅうだい》本線のレールが、わずかに山の途切れる西の角から入ってきて、Uターンするように、ほぼ同じ方角へ去ってゆく。

由布院駅のある西側の一角だけが、小さく固まった繁華な街だ。

「きれいねえ。こんなにゆっくり眺めたのは、ずいぶん久し振りだわ」

春香《はるか》は吐息とともに言った。

「ああ、ほんとだな、寄り道しただけのことはあったよ」

尾川《おがわ》も実感のこもった声だ。

「霧の里湯布院――なんて自慢している割に、地元の人間は案外、この風景を眺めたりしないものだよな」

霧が晴れたのをきっかけのように、尾川は車をスタートさせた。

「湯布院を日本最後のユートピアにしたいちゅう、おれの念願は、この風景を見てますます固まったな」

「尾川さんは、それぱっかしね」

春香はおかしそうに言った。

「いけんかな」

「いけんことないわよ。私も賛成だけど、話が大きすぎて……」

「大きくたって構わんじゃろ。大きいことはいいことちゅうで……それにしても、あれはちょっと大きすぎるけどな」

尾川は、行く手の白いビルに顎《あご》をしゃくった。

由布院盆地の南側の斜面に、七階建ての白亜のビルが建つ。福岡《ふくおか》の建築業者が、財団法人九州生涯教育センターの依頼によって建てたものだ。

湯布院にはビルは似合わん——という、地元反対派の強硬な抵抗を排除して、建物そのものは三年前に完成した。

だが、肝心の生涯教育センター計画が、資金難によって挫折してしまった。

由布院盆地のどこからでも見られる白亜のビルは、現在は単なる無用の長物として、場違いな巨体を晒《さら》している。

「しかし、入れ物は出来ちょるのだから、あとは内装やら運営基金さえなんとかすれば、念願の生涯教育センターはスタート可能なところまできちょるんよ」

「尾川さんはそう言うし、私もそう思いたいけど、叔父に言わせると、生涯教育センターを採算ベースに乗せるためには、やっぱり、政治や行政のバックアップがなかったらいけないみたいよ」

「またそれだ、春香の叔父さんは政治が好きな人だからな。だがよ、そうやって政治がらみで来て、それでもって失敗したのとちがうんか？　叔父さんも、早く目を覚ましたほうがいいと、春香の口から言うてやったらいいのだ」

「叔父も同じようなこと言ってるわ」

春香は苦笑した。

「同じ？」

「ええそうよ、若い連中は理想論ばかしで、経営的な見地に立って考えん――て」

「理想論が悪いというのは、年寄りたちの決まり文句だち。湯布院音楽祭の時だって、映画祭の時だって、若い連中が企画したことに反対ばかりしておったでないか。だけんど、走りだして、うまいことといって、観光客がワンサカ来るようになったら、掌を返すようにニコニコして、馬鹿にして嗤《わら》いよったことなど、完全に忘れてしもうちょる」

「あら、叔父は音楽祭にも映画祭にも理解があったわよ」

「それはあれだち、叔父さんも、そん頃は若かったちゅうことだち」

「まさか……」

春香はまた笑ってしまった。叔父の政次郎《せいじろう》は六十八歳、湯布院音楽祭が始まったのは十四年前のことだ。いくらなんでも若かったとはいえない。

「それに、叔父は尾川さんの生涯教育センターばかりでなく、森口《もりぐち》さんの演劇祭の運動にだって、反対しているわ」

「ああ、そら叔父さんが正しいよ。演劇祭なんて、あんなもん、いけんよ」

森口の名前が出たとたんに、尾川は面白くなさそうに言った。

「あんなもの、映画祭の亜流だち。柳の下のドジョウは二匹はおらんち」

尾川は森口のこととなると、表情や声の調子までが変わる。

春香はそれ以上、尾川を刺激して、気まずくなるようなことは言わないことにした。

尾川と春香を乗せた車は、雄大なスロープを斜めに下って盆地の底近くで三叉路に出くわした。右と左に道は分かれる。右への道のほうはまだ新しく、街の中心部へと入ってゆく。

左への道は古く、真っ直ぐ行くと湯平《ゆのひら》温泉に達する。

ちなみに、「湯布院」という町名は、この「湯平」と「由布院」が合併した際に、二つの地名を合体させて生まれた。現在でも、駅名、温泉名、盆地名などをいうときには「由布」の字を用いている。

左の道はかつては主要な往還だったが、いまは脇道となって、交通量も少ない。道の左側には杉林が連《つら》なる。その少し先には有名な大杵《おおご》神社の大杉がある。高さ三十五メートル、胴回りが十一メートルという巨大な古木だ。

その大杉を圧倒するかのように、〝生涯教育センタービル〟は建っていた。リゾートホテルを思わせるような大きな立派な建物だが、いつ見ても霧の残りがかかっているような、湿っぽい侘《わび》しい雰囲気が漂っている。

「まったく、これだけの建物を無駄にしておくなんて、信じられないよなあ」

尾川は車を降り、ビルを見上げて、腹立たしそうに言った。

「建物は使わないと傷みがはげしいって言うけど、確かに、こうやって見に来るたびに、少しずつ傷んでゆくのが分かるな。早くなんとかせんと、ほんまの廃墟になってしまうでよ」

〔敷地内立ち入り禁止〕の立て札を無視して、二人は有刺鉄線の破れたところから、入り込み、玄関に近づいた。

「あら、誰かいるみたい」

春香が気付いた。いつもは人気《ひとけ》のない玄関ホールに人影が見えた。まだ距離があるのと、ガラス戸越しなので、はっきりした様子は分からないが、男が一人、玄関ホールの壁に寄り掛かり、じっと何かを考えているような恰好をしていた。

「誰だろう？」

二人は顔を見合わせた。現在このビルを管理しているのは、大分《おおいた》地方裁判所のはずである。こっちは立ち入り禁止の敷地に入り込んでいるのだから、役所の人間に出会うのは具合が悪い。つい逃げ腰になった。

「あの人、変じゃない？」

春香が脅《おび》えた声で言った。

「ぜんぜん動かないわ」

二人の闖入者《ちんにゅうしゃ》に気付かないはずはない。それなのに、男はピクリともしない。それに、壁に寄り掛かった姿の、いかにも脱力しきったような恰好が異様だった。

「変だな……」

尾川も呟《つぶや》いた。いったん逃げかけた足の向きを変えて、おそるおそる玄関に近づいた。春香も少し遅れてついて行った。

二人は正面玄関の大きなガラス戸の、五メートルも手前で立ち止まり、ギョッとした目を交わした。

「やだあ、死んでる……」

春香が悲鳴を上げて、尾川の腕に縋《すが》りついた。意志に反して、視線はどうしても

「死体」のほうに向いてしまう。

男は、吹き抜けになっている玄関ホールの二階フロアの手摺《てす》りから、ロープを首にかけてぶら下がっていた。

第一章　フルムーンの旅へ

1

法学部の和泉直人《いずみなおと》教授が学長に辞表を叩きつけた——という噂は、かなり早いスピードで、キャンパス中に広まってしまった。

冬休み明けの大学は、正月ボケやスキー疲れで、どの教室も閑古鳥《かんこどり》が鳴きそうにガラガラなのがふつうだが、和泉の講義がある大教室には、彼の記憶にもないほどの学生が蝟集《いしゅう》した。中には和泉の講義を取っていない、単なる野次馬学生も混じっていたが、むろん文句は言えない。

もっとも、「叩きつけた」というのは大袈裟《おおげさ》で、たまたま現場を目撃した学長秘書の口から、そういう伝わり方をしたのだが、去年の暮れに和泉が辞表を提出したのは事実であった。

辞職の理由は、T大学「九州キャンパス」の開設にからんで、大学側から前文部事務次官・相羽勝司《あいばかつじ》に対する、贈賄《ぞうわい》まがいの献金が行なわれていた事実が明るみに出たためである。

相羽は次官在職中から、北九州地区に財団法人九州生涯教育センターを設置することを目論《もくろ》んでいた。それを足がかりに、老人福祉をアピールして、退官と同時に政界入りを果たそうという魂胆《こんたん》であった。

一昨年の衆議院選挙に、相羽は予定どおり立候補しようとしたが、直前になって、その選挙資金として、生涯教育センターに寄せられた運営基金を流用していたことが発覚、選挙どころか、警察当局の捜査の対象になって失脚した。その結果、あてにしていたスポンサーが手を引き、基金の返済が不可能になって、それ以外の不正疑惑が一挙に明るみに出てしまった。

その生涯教育センター運営基金の大半といってもいい七億円を、T大学がポンと寄付していた事実も、世間に知れ渡った。

そのこと自体は法的には問題がないかに思える。しかし、T大学は膨大な額の私立大学助成金を交付されているし、その上、学生たちの猛反対を排除して学費値上げに踏み切ったばかりだ。とてものこと、法外ともいえる寄付ができるような、結構な身分ではないはずなのだ。

多額の寄付を行なった背景には、「九州キャンパス」設置を承認してもらうという目的があったことは、否定しようがない。現に、T大学が九州分校開設計画を打ち出した時点では、すでに地元の九州実業大学をはじめ、いくつかの承認申請が出ていたにもかかわらず、それらの中から、文部省はなぜか、T大学を選択し、承認を与えたのである。

相羽が文部次官在職中、大学に対して職業紹介事業各社が行なっている、いわゆる「青田買い」を、教育上好ましからざる行為——として、企業および大学当局に規制を求めるべきだとする声が文部省内部に起きた。

その際、相羽は、あくまでも自主規制の方針でゆくとして、法的規制措置の機運を握り潰《つぶ》してしまったという経緯《いきさつ》がある。その時も企業側から相羽次官に対して多額の金が動いたという噂はあった。

今回、「九州キャンパス」に関する疑惑が明るみに出たのは、そういう事情に通じる者の目から見ると、むしろ遅すぎたともいえる。

新聞やテレビニュースがこの問題を報じた直後、和泉は躊躇《ちゆうちよ》することなく、辞表をしたためた。

学長は「早まったことを……」と、辞表を押し戻そうとしたが、和泉はそのまま踵《きびす》を返して学長室を出た。

十年前に招聘《しようへい》されて、国立大学から移ってきたT大学だ、未練がないといえば嘘になる。しかし学生に法律を教え、正義を説く立場の人間として、不正を行なった大学の禄《ろく》を食《は》むわけにはいかなかった。

通常の講義を短めに切り上げると、和泉は机の上に広げたいくつかの書物をすべて閉じ、「さて」といずまいを正した。

「すでに諸君もお聞きおよびかと思いますが、私は本日をもってT大学を退職させていただくことになりました。せっかく私の講義を聴いてくださろうという諸君を放擲《ほうてき》し、入学・卒業シーズンという大切な時期に、大学を出てゆくわがままを、お許しいただきたいと思います」

学生たちの中から「辞めないでください」という声がいくつも投げかけられた。

和泉は哲学出身の法律学者という変わった経歴の持ち主だ。しかも犯罪心理学の分野でユニークな論文を発表して、世界的に認められている。T大学の「目玉」的存在といってもいい。それを惜しむ声には、最近の学生には珍しく、真摯《しんし》な響きがあった。

和泉はその一つ一つに頭を下げて応えてから、言葉を続けた。

「諸君と私にとっての最後の講義に、私はぜひ話しておきたいことがあります。それは法に携わる者の優しさについてであります。

犯罪者がその犯罪を犯すにいたった道筋を辿《たど》ってゆくと、概していえることは、その道がきわめて平凡で日常的であるということであります。

それはあたかも、田園の中のゆったりと曲がりくねった小道を行くようにのどかな風景で、この先に殺人だとか強盗だとかいう、恐ろしい犯罪が存在するなどということは、想像すらできないのがふつうであります。

親子の葛藤《かっとう》だとか、夫婦間の不和、愛欲のもつれ、憎悪といったことなどがあったとしても、そういったことは、誰の上にも訪れる、なんの変哲もない生活の風景として、道筋の両側に展開しているにすぎません。しかし、そういう見慣れたはずの風景の先にとつぜん恐ろしい深淵が口を開けている。それが『犯罪』という名の出来事なのです。

犯罪そのものは、あくまでも独立した事実でありますが、犯罪者がその犯罪を犯すにいたる道程の、一見、なんの変哲もないかに見える風景の行き着く先にその犯罪が存在したのだということも、またまぎれもない事実なのであります。

われわれ個々の人間は、誰しもが、社会生活の中で、風にそよぐ葦《あし》のごとくに揺れ動きながら生きているのであります。弱い葦もあれば、強靭《きょうじん》な葦もある。強靭に見えた葦でさえも、あるとき、ポキンと折れないという保証はないのであります。

平凡で穏やかに見えた人物が、とつぜん凶暴な犯罪に走るという事実を、われわれはしばしば目にするものであります。

いったい何が彼をして犯罪を犯さしめたのか——その動機を物質的即物的に辿るのと同時に、その罪を犯すにいたった道程を内面的に辿ることも、法に携わる者は忘れてはなりません。

罪を憎んで人を憎まずという、古くから言い習わしてきた、きわめて素朴なこの言葉の持つ意味は、犯罪心理を学ぶ者として、ひときわ重みを感じるものであります。教壇を去るにあたって、私は諸君が人を裁くとき、あるいは弁護するとき、彼の心理に深く想いをいたして、優しさと同情の心を忘れぬよう切に希望するものであります」

和泉が語り終え、大教室に満ちた学生たちの顔を一つ一つ眺め回してゆくと、どこからともなく拍手が湧いた。拍手はたちまち教室に満ちて、窓ガラスを震わせた。女子学生の中にはハンカチで目を押さえる者もいた。

和泉は彼らの熱き想いに応えるごとく、詫《わ》びるごとく、深ぶかと一礼した。半白のほつれ髪が額にかかるのを、指先で搔《か》き上げるポーズは和泉教授のたくまざる癖として、女子学生に人気があった。

優しさと頼もしさを湛《たた》えた柔和な瞳、意志の強さを示す頑丈な顎、責任感の象徴のような広い背中、そういったもろもろのイメージとともに、和泉はゆっくりと教室の外に歩み去った。

2

高柳常雄《たかやなぎつねお》は年齢の割には長身である。改札口を出てくる人波の上に、ギョロッとした目玉が見えた。

和泉は「こっちだこっちだ」と言いながら手を振ってみせた。

「おい、大学を辞めたというのは本当か？」

高柳は顔を合わせるなり、呆《あき》れたように言った。

「なにも辞めることはなかったと思うのだがなあ」

「その話は歩きながらしよう」

和泉は駅に背を向けて歩きだした。

「え？　どうなんだ？　例の生涯教育センターに対する寄付というのは、贈賄行為とは見なされてはいないのだろう？」

「いや、あれは明らかに贈賄だよ。法律上は問題ないとしても、道義的にいっても、社会通念上からいっても、利便供与を期待した寄付行為は贈賄そのものだ」

「かりにそうだとしてもだよ、きみが直接、汚職に関係したわけじゃないだろう」

高柳はせっかちに言った。

「それはそうだが、しかし、大学が疑惑の一方の当事者であるという事実は覆《くつがえ》せない。いやしくも法律を教える者として、そういう環境にいること自体、潔《いさぎよ》しとしないというものだろう」

「うーん、それはそうかもしれない。きみらしいといえば、たしかにきみらしいけじめのつけ方ではあるが、しかし、辞めたきみはいいとしても、学生は失望しただろう。ことにきみを慕って入学した連中にとってはショックがきついぞ。なにしろ、きみは世界的に有名な学者なのだからな」

「世界的はないが……」

和泉は苦笑した。

「たしかに学生の期待を裏切ったことは申し訳ないと思っている。しかし、おれがこのまま大学に安住しては、おれのこれまでの講義は何だったのかということになってしまう。おれが大きな顔をして説いてきたのは、あれは嘘だったのかと言われるだろう。こういう場合、正義を教えていた者が率先、身を処すことこそ、百万べんの講義にも勝る教訓だとおれは信じるよ」

「それはまあ、そのとおりだろうけれどねえ……」

高柳は俯《うつむ》き、憮然《ぶぜん》として言った。

「そういう正論を聞くと、おれなんかは恥ずかしいよ。警察官僚から天下って企業の幹部になる、お定まりのコースというやつだ。現実に、ほとんど汚職というべき取り引きに目をつぶったり、時にはなにがしか手を貸したりさえしている。そういうおれが言うと言い訳がましくて気がひけるが、きみが指弾した文部次官と大学の癒着《ゆちやく》など、政財界の馴れ合いからみれば、ほんの氷山の一角でしかないというのが実情だよな。中にはそういうことが日本の政治経済の潤滑剤であるかのように考えているやつだっている。おれは……おれはそうは思わないが、しかし、いかにも無力だな。情けないほど無力だ」

「気にするなよ」

和泉は高柳の肩を叩いた。

「おれにしたところで、他の大学で起きたことなら、平気で目をつぶっていたかもしれない。辞めてしまったいまでも、いまさらこんな意地を張るのは青臭いかな——という気持ちがしないわけじゃないのだ。だが、やはり心のどこかではそうしてよかったという声も聞こえている。教室を埋めた何百人かのうちの何人かは、おれの真意を摑《つか》んでくれたことを信じているよ」

「いや、大抵の者は摑んだにちがいない。真面目なことを言うと、すぐにダサいだのおじん臭いだのと言う連中だって、若者らしく感動する心は持っているものだ。いまの世の中、そういうものに出くわすチャンスがあまりにも少ないというだけのことだ」

「そうあってくれればいいのだが……」

「信じていいさ。こうやって送別会を開いてくれるのが、そのいい証拠じゃないか。それより、奥さんはどうなんだ、きみが辞めることに反対はしなかったのか？」

「さあなって、まさか相談しないで決定したわけじゃないだろうな？」

「いや、この件に関しては、まだ何も話していないのだ」

「話していない？　呆れたな……」

高柳は唖然《あぜん》とした。

「博士号を取った時も、三ヵ月も黙っていたきみだから、考えられないことじゃないとは思っていたが……しかし、今夜の会には奥さんも出席するそうじゃないか」

「ああ、一応、来るように言っておいた」

「どうする気だ？　いくら呑気《のんき》な奥さんだって怒るよ、いきなり辞めましたじゃ、満座で恥をかかせるようなもんだ」

「だからきみを呼んだ」

「ん？」

「カミさんは、ひと足先に『本橋《もとはし》』に行っている。それで頼みなのだが、おれより先に行って、そのことをきみの口から伝えてもらえないだろうか」

「ひどいやつだなあ、いちばんいやな役回りをおれに押しつけやがる」

「すまん……」

和泉は道路の真ん中で立ち止まり、深ぶかと頭を下げた。高柳は呆れかえって、やがて笑い出した。

「まあいいだろう。こんな場所で天下の大学者に頭を下げさせたんじゃ、断るわけにもいかない。それじゃ、先に行くぞ」

高柳はクルリとむこうを向くと、大股に歩いて行った。

3

『本橋』は今日は貸し切りになるらしい。表に「和泉直人先生を励ます会」という看板がかかっていた。

和泉と高柳は古い馴染みだが、『本橋』はごくふつうの料理屋である。大型の宴会を開くには、あまり向いていないのだが、ここの女将《おかみ》は和泉や高柳と大学で同期だった。その女将が和泉の辞職を聞いて、送別会はぜひウチで——と言い張った。小部屋の間仕切りをとっ払って、なんとか員数分の席をつくると張り切った。

まだ夕刻までに時間があるから、勤めのある連中はしばらく遅れるのだろうけれど、玄関を入ると、すでに何人かの学生が来て準備を始めている。ＯＢで大学の研究室にいる顔見知りの男が、高柳に気付いて挨拶を送って寄越した。

迎えに出た仲居に、高柳は「和泉さんの奥さん、見えてる?」と訊いた。

「はい、あちらのお部屋にいらっしゃいますけど」

「案内してくれないか」

仲居について行くと、少し奥まった小部屋の座卓の前に、和泉麻子《あさこ》がちょこんと所在なげに坐っていた。白黒の市松模様のブラウスに、黒のスカートという装いは、無骨《こつ》な高柳の目から見ても、いささか地味すぎる。

「あら、高柳さんもいらしてくださったのですか？　お忙しいのに、わざわざ申し訳ありません」

麻子が驚くところを見ると、どうやらそういうことも聞いていないらしい。

高柳は苦笑して、ともかくも無沙汰の挨拶を交わした。

「だいぶ盛大になるようですねえ」

煙草をもてあそびながら、どう切り出すべきか考えた。

「ええ、ほんとうにありがたいことですわ。主人のためにこんなにしてくださって」

「いや、和泉は偉い学者ですからねえ、この程度のことは常識の範囲内です」

「でも、大学を辞めたことは主人のわがままみたいなものですのに」

「いやいや、そうではない。和泉は筋を通したので……」

言いながら、高柳は(あれ？)と気がついた。

「奥さん、知っているのですか？」

「は？」

「いや、つまりその、あれです、和泉が大学を辞めたことをですね」

「存じておりますわよ、もちろん」

「しかし、表の看板には『励ます会』と書いてありますが？」

「あら、いやですわ。じゃあ高柳さんはわたくしが知らないとでも思っていらしたのですの？」

「え？　ああ、いや、和泉のことだから、奥さんには何も話していないのじゃないかと思ったもので……」

「ええ、主人は話しませんよ、そういう人なんですから。でも慣れておりますからね、怒る気にもなれません」

「しかし、どうして知ったのです？　誰か教えてくれましたか？」

「いいえ、どなたも……でも分かりますわよ、そんなこと。ああいう事件があって、新聞に報道された時に、ああ、主人のことだから辞めるだろうなと思いましたもの。そうしたら、案の定、今日のこの会でしょう。励ます会だなんてカムフラージュしても、すぐに分かります。主人はあれで、騙《だま》したつもりでいるのでしょうけれどね」

麻子はおかしそうに口を押さえて笑っている。

高柳は感心して、「ふーん」とうなった。

「辞めると思いましたか」

「ええ、すぐにそう思いました。もし辞めなければ、わたくしから言って、辞めていただこうと思っておりましたもの」

「はあ……」

呑気でオッチョコチョイだけのような麻子夫人が、存外、剛直な思想の持ち主であることに、高柳はまた感心してしまった。

「ははは、あいつはそんなことも知らずに、おっかなびっくりやって来ますよ」

高柳は笑った。

「じゃあ、やっぱり、自分の口から言えないものだから、高柳さんにお願いしたんですのね。ほんとにそういうところ、主人はだらしがないのです」

麻子も笑った。笑うとえくぼができ、唇が形よく開いて、真っ白な歯が覗くのが可愛い。宝塚《たからづか》の男役のように短めにした髪のせいか、いくつになっても少女のような幼さを失わない女である。

麻子は和泉と高柳の恩師の娘であった。教授宅にいつも出入りする多くの学生たちの、神聖にして冒すべからざるアイドルでもあった。

そういう学生たちの中から、堅物《かたぶつ》で、もっとも風采《ふうさい》の上がらないと思われた和泉直人を、麻子は選んで結婚した。結果的には賢明な選択といえるのかもしれないが、その当時は七不思議だなどと囁《ささや》かれたものである。

和泉は開会時刻に十分以上も遅れてやってきた。待ち受けた参会者に囲まれて、結局、麻子にことの次第を打ち明ける機会を失したような形になった。

「励ます会」には学生はもちろん、大学の同僚、ＯＢなど、五十人あまりが参加した。辞職後わずか一週間という、突発的に企画された会としては、ずいぶん大勢が集まったものだ。

和泉夫妻は床の間を背に坐らされた。幹事の挨拶と来賓の激励の辞のあと、和泉はお礼の挨拶を述べたが、その冒頭で、「こんなに大勢集まってくださって」と言いかけた。言いかけたとたん、込み上げるものがあって、あとは言葉にならなかった。洒《しゃ》落《れ》た文句もいくつか用意してきたつもりだったのだが、それらはすべて語られなかった。

いいかげんアルコールが回ったところで、主催者から和泉夫妻にプレゼントが手渡された。

「七日間用のフルムーン夫婦グリーンパスと、ギフト旅行券です」

幹事役を務めた学生が、リボンを飾った薄っぺらな包みを、会場の全員に見えるようにかざしてみせた。

「フルムーン夫婦なんとかいうの、あれは何だい？」

和泉は小声で麻子に訊いた。

「割引切符みたいなものじゃないのかしら？」

麻子も詳しいことは知らない。

「七日間の期間中なら、日本中のどこへ行くのもJRのグリーン車を利用できるというものです。飛行機嫌いの先生のためにこれにしました」

幹事が説明した。

「新幹線でもいいの？」

和泉は訊いた。

「もちろんです。新幹線、特急、急行のグリーン指定席、それにB寝台車がご利用になれるのです」

「ふーん……全部グリーンでねえ……だけど、その上にギフト旅行券というと、すごい金額になるのじゃないのかな」

和泉はすぐにそのことが気にかかった。

「ははは、心配しないでくださいよ。みんなで出し合えばほんの微々たるものです。それに、これは贈賄ではありませんから」

幹事のジョークに和泉は苦笑した。

「いや、ありがたく頂戴します。私はともかく、カミさんはグリーン車なんかに乗ったことのない女ですから、これを機会にカミさん孝行でも考えることにしましょう」

麻子に「おい」と合図して、二人一緒に長く頭を下げた。

「それで先生、余計なことですが、いつ頃、どちらへ行かれますか？」

幹事が全員の意思を代表して、訊いた。

「そうだなあ……」

和泉はとまどった。

「わたくしは、どうせ行くならなるべく遠いほうがいいと思いますけれど」

麻子は主婦らしく、運賃の合計額を頭の中ではじいて言った。

「青函《せいかん》トンネルを抜けて、北海道へ行きたいですわね。どうかしら？　北海道がいいんじゃありません？」

麻子に同意を求められて、和泉は渋い顔をした。

「北海道は寒いんじゃないかな。なるべく南のほうがいいと思うが……」

「南っていうと、沖縄《おきなわ》ですか？」

「ばかだな、沖縄まで列車は行ってないじゃないか」

「あら、そうですわね。じゃあ、九州？」

「ん？　ああ、まあそうなるかな。九州がいいかもしれないな。長崎《ながさき》や阿蘇《あそ》山をめぐるのはどうかね？」

「それはまあ、あなたがそうおっしゃるのなら、わたくしはどこでも結構ですけれど」

「そんな投げやりな言い方をしなさんな。きみがまだ行ってないところを希望すればいい。北海道へ行ってないのなら、それでもいいのだよ」

「でも、わたくしは、北海道も九州も、どこへも行っておりませんもの」

「なんだ、行ったことがないのか？」

「ありませんわよ。娘時代は、修学旅行を除けば旅行どころじゃなかったし、結婚してからこっち、あなたは一度だって連れて行って下さらなかったじゃありませんの」

「そうかな、そうだったかな、連れて行かなかったかな」

和泉はまるで自信がない。自分が旅行したことさえ忘れかねない男だ。

「それじゃ、北海道にするかな」

「いいんですよ、九州で。あなたは九州に行きたいのでしょう？」

麻子はニヤニヤ笑いながら言った。和泉が九州に行きたがっている理由に思い当たったのだ。

「ん？　いや、べつにおれは九州にこだわるわけじゃない」

「分かってますよ、九州にいたしましょう」

「どうしてかな、おれは北海道でもいいのだよ」

「無理なさらないの」

麻子は言って、幹事に「九州に行かせていただきますわ」と宣言した。

「そうですね、この季節なら九州がいいですよね。それと、いらっしゃるのは三月中旬頃がいいと思います。学校が休みに入ったり、ゴールデンウィーク近くになると、行楽地はどこも混みますから」

「ああ、そうしよう。そうだな、出発は三月の第二月曜日にしよう。そうすればほとんどウィークデーの宿泊になる。列車のほうはどこへ行こうと勝手気儘《きまま》だし、予約なしで行っても宿の心配はないだろう」

和泉は麻子を見返って、どうだ頭がいいだろう——という顔をして見せた。

「なるほど、気儘なフルムーン旅行ですか、それはいいですねえ」

幹事は感心してみせた。

「ええと、三月の第二月曜日でしたね。列車は八時の新幹線にされるといいでしょう。ぼくも東京駅までお見送りに行きます」

「おいおい、よせよ冗談じゃないよ、新婚旅行じゃあるまいし」

和泉は照れて、真剣に断りを言った。

4

和泉の周囲から人がいなくなるのを待っていたように、高柳が銚子《ちょうし》を手にやってきた。

「おい、九州にしたのは、九州分校のことがあるからだろう？」

少し酒の匂いのする口を寄せて、言った。

「いや、そういうわけじゃないさ。誤解するなよ」

「隠すことはない。奥方もちゃんと承知しているよ」

和泉は麻子の耳を気にしたが、聞こえなかった様子で、麻子は黙々と料理に箸をつけている。

「きみなら当然、ありそうなことだ。それに、九州分校の顚末《てんまつ》は、おれだって関心があるくらいだものな。あれはまだ、決着がついたとはいえないとおれは思っている。ここだけの話だが、おれの知り得た情報によれば、福岡地検特捜部は、事件の背後にかなりの大物がからんでいることを突き止めたらしい。このぶんだと、もうひと波瀾《はらん》もふた波瀾もありそうだよ」

「そうか……」

和泉は暗い顔になった。

「T大学が傷つくのはいいが、学生たちの将来に影響が及ぶとなあ……」

隅のほうの離れたテーブルで、声高に議論を戦わせている教え子たちを眺めると、暗澹《あんたん》とした気分になる。

「そういう状況だからな、九州へ行くのはいいが、あの事件にはあまり首を突っ込まないほうが賢明だぞ」

高柳は気掛かりそうに言った。

「ああ、分かっているよ」

「どうかな、その顔は分かっている顔じゃなさそうだ」

高柳はギョロ目の眉をしかめて、「じつはだな……」と言いかけた。

和泉が「ん？」と応じた時、ついいましがたまで議論を沸騰させていた教え子たちが五人、手に手にグラスを持って、賑《にぎ》やかにやってきた。いずれもすでに社会で活躍している秀才ばかりだ。

「またあとで話そう」

高柳は心残りな表情を見せながら、離れて行った。

この日集まった教え子の多くは、司法関係に進んでいる。国立大学時代の教え子の中には、すでに検事や判事になった者もいれば、弁護士になった者も少なくない。やってきた五人はT大学に移って最初の学生だった連中で、そのうち、二人は警察に勤務している。いずれも三十歳になったばかりで、警視というエリートだ。

残りの三人のうちの一人は東京地検特捜部の検事で、「生涯教育センター事件」の文部省関係の捜査に関与している。

「複雑な心境ですよ」

長島《ながしま》という、その若い検事は苦笑しながら言った。

「愛する母校の恥部を暴き出すのですから、遣《や》り切れなくなる時もあります。かといって、メンバーから外してくれとも言えませんしねえ。しかし、和泉先生がお辞めになって、いくぶん気は楽になりました。先生から事情聴取をするようなことにでもなったら、たまったものじゃありません」

「そういう公私混同はよくないぞ」

和泉は怖い顔を作って言った。

「いえ、そうではなく、逆にこっちのほうが遣《や》り込められそうな気がするのです」

「なんだ、そういう意味か。だらしがないやつだな」

笑いになったが、長島はじきに真顔に戻って言った。

「真面目な話、先生のことですから、たぶん事件の真相なんか、分かっていらっしゃると思うのです。なんといっても大学内部におられたのですからね」

「いや、それがそうじゃないのだ。私のような新参者は、待遇のほうはともかく、大学経営の埒外《らちがい》に置かれていたからね。ニュースで知るまで、大学と文部次官がそういうかたちで癒着していたなどとは、まったく気付かなかった。ただ、九州分校の申請が、ああもすんなり通過するとは、意外な気はしていたけれどね」

「それにしても、大学は九州まで手を拡げないと、やっていけない状況だったのでしょうかねえ？」

「それはそうだろう。九州分校が大学の経営面に寄与することは間違いないのだそうだ」

「そうだとすると、相羽氏の選挙資金づくりに協力する、大義名分として、生涯教育センターに寄付した印象がますます強くなりますね」

「さあなあ、よく分からない……おいおい、それはおれに対する事情聴取なのか？」

「えっ？　あ、違いますよ」

長島は慌てて質問をやめた。

予定をオーバーして、宴会がお開きになったのは、九時過ぎであった。

話したいことがある――と言っていた高柳は、酔ったせいか、忘れてそのまま帰った。いや、和泉自身もすっかり忘れていて、翌日になって、高柳からの電話で、そのことを思い出した。

「昨日、言い忘れたのだが、じつはだな、一週間ばかり前、相羽氏の秘書の一人が自殺したのだ」

「自殺？……自殺だったのか？」

和泉は反射的に疑惑を抱いて、訊いた。

「一応そういうことになっている」

「一応か」

「まあそういうことだ」

「というと、疑う余地はあるということなのか？」

「分からん。おれは人づてに聞いただけだからね。しかし、その情報をもたらしたやつの話によると、消された可能性もあるということだった」

「だろうな……で、場所はどこだ？　やはり九州なのか？」

「ああ、湯布院だ」

「湯布院？……聞いたことはあるが、ええと、どこだったかな？」

「大分県の山の中みたいなところだ。別府から近い」

「じゃあ、扱いは大分県警か」

「おい、そんなものに興味を示すなよ。おれが電話したのは、そんなことをさせるためじゃないのだ」

「ん？　それじゃ何なのだ？」

「つまり、いまはそんな具合に危険な状態にあるということを知らせておきたかったということだ。余計なことに首を突っ込むなと言っておく」

「忠告、ありがとう」

「いやに素直だな」

「ああ、君子危うきに近寄らずだ」

「そうだ、それがいい、じゃあ……」

「ちょっと待った。ところで、その湯布院だけどな、ＪＲは行っているのか？」

「ああ、久留米《くるめ》と大分から久大本線が……おい、なぜそんなことを訊く？」

「いや、参考までに聞いておきたかったというだけだ。いいんだ、べつに知る必要もないことだからね。じゃ、失敬」

電話の向こうで「おい、待て」と言っているのを無視して、和泉は受話器を置いた。

第二章　見知らぬ我が子

1

旅慣れない麻子は、何日も前からソワソワと準備にかかりきりで、ほかの仕事が手につかない様子だった。

スーツケースに、夫婦二人分の着替えやら洗面道具やらを入れたり出したり、そのくせ、フルムーンの券をどこに仕舞ったのかすっかり失念して、探し物に時間を費やしたり——という、オッチョコチョイの性格をモロに発揮している。

和泉は逆に、のんびりと落ち着いている。大学を辞めた一種の虚脱感のせいかもしれないが、もともと、小事に拘泥《こうでい》しない性格なのだ。行く先はまず長崎、そして阿蘇、鹿児島《かごしま》、宮崎《みやざき》と決めたが、宿泊先はついに予約しないままにしておいた。

「行き先だって、何も予定どおりにすることはないのだ。ホテルでも旅館でも、向こうに行った様子で、気に入ったところに泊まればいいよ。あらかじめスケジュールが決まっているなんていうのは、面白くない」

一応、もっともらしいことは言ったが、正直なところ、そういう手配やら作業やらが苦手なだけなのである。麻子は麻子で、亭主がそう言うのだから、そういうものなのだろう——と信じて疑わない。

出発の日が近づいてくると、教え子の何人かは心配して、代わる代わる電話をかけて寄越した。

「先生のことだから、旅行の予定を忘れていないか、気掛かりでなりません」

そう言って、何度も念を押した。

出発の前日など、四人から電話が入って、それぞれがこまごまとした注意事項をチェックするありさまであった。

「これじゃ、まるで幼稚園の遠足みたいじゃないか」

和泉は苦笑したが、若い連中の心配りは嬉しかった。

もっとも、出発の当日、大勢で見送りに来るというのには閉口《へいこう》した。

「よせよ、みっともない、絶対に来るな」

そう言って釘《くぎ》を刺しておいたにもかかわらず、東京駅《とうきょう》には長島をはじめ、若い連中ばかり数人の見送りが来ていた。

万歳で送ると言うのを、「もしそんなことをしたら、おまえさんたちとは絶交だ」と威《おど》して、ようやく断念させたが、それでも和泉は気恥ずかしくて参った。

麻子のほうは「まあまあ、賑やかでいいわねえ」と無邪気に喜んでいる。

学生に「ペアルックみたいですね」と言われるまで、気がつかなかったのだが、和泉はきなりの丸首セーター、麻子もアイボリーのVネックのセーター姿で、ズボンとスカートの色も、和泉はベージュ系、麻子はそれより少し茶がかった色と、似通った色合であった。

外出はいつも背広にネクタイと決まっている和泉だが、今日の服装はそれなりに気に入っていただけに、「ペアルック」の指摘には照れた。

「あら、そんなつもりじゃなかったのに」

麻子も気付かなかったらしい。「いやだわ、ほんと、お揃いみたい」と、他人事のように辟易《へきえき》しているから、怒る気にもなれない。

列車が入線してきて、乗り込もうという間際になって、宴会の時に幹事を務めた、平井《ひらい》という世話焼きの学生が、「先生に肝心なことを言うのを忘れていました」と、耳に口を押し当てるようにして言った。

「座席の坐り方ですが、なるべく先生が窓側にお坐りになったほうがいいと思います」

「ほう、なぜだい？　エチケットとしては、女性を窓側にしたほうが、よさそうに思うけどね？」

「はあ、常識から言うとそういうことになるのですが、じつはですね、統計上、窓側に女性を坐らせるのは、正式な夫婦じゃないケースが多いのだそうです。五十歳以上の日本の亭主は、おしなべて自分が窓側にデンと坐り、奥さんは通路側に坐りたがるものなのだそうですよ」

「ふーん、そんなものかねえ……」

近頃の若い者は妙な知識を持っているものである。言われてみると、なるほど、ありそうなことだ。

車内に入って、いざ座席に坐る段になった時、和泉は麻子に「どっちに坐る？」と訊いてみた。

「わたくしは通路側で結構ですよ」

「やっぱりそうか」

和泉は感心した。

「しかし、折角の旅行じゃないか、窓側に坐って、外の景色を見たらいい」

「でもいいんですよ。あなたを下座《しもざ》に置くみたいで、なんだか落ち着きませんし、それに、敬老の精神からいっても、あなたを大事にしませんとね」

「ばか、ひとを年寄り扱いするな」

和泉は笑ったが、これもまた平井の言っていたとおりだ。

若い連中はともかく、騎士道精神などというものは、恋愛時代か、せいぜい新婚当座までで、日本の亭主らしくあるためには、自ら窓側に坐らないといけないものらしい。

気のせいか、平井は興味深そうな目でことの成り行きを見つめている。

和泉は結局、列車がホームを離れるまで、立ったまま、見送りに答礼し、そのあと窓側に坐った。

まもなく検札の車掌がやって来て、和泉夫妻の切符を手にすると、「あ、フルムーンをご利用ですね、ありがとうございます」と帽子を取ってお辞儀をした。割り引いておいて、その上に感謝するのだから、JRのサービスもずいぶんよくなったものである。

麻子にとってはもちろん、和泉にとっても久し振りの観光旅行だが、まずは快適な滑り出しかと思われた。

麻子のために、和泉はコートやバッグを網棚の上に載せてやったり、リクライニングシートの背凭《せもた》れの倒し方を教えたり、それこそ、横の物を縦にもしないこの男の日常からは、到底考えられないようなサービスをやってのけた。

列車が新横浜《しんよこはま》を通過してまもなく、車内放送がとつぜん、「和泉直人様」と呼んだ。

——和泉直人様、お子様が迷子です、十号車の車掌室までお越しください。

和泉は麻子と顔を見合わせた。

「へえー、同姓同名か。それにしても、列車の中で迷子を出すとは、間抜けな親がいるものだな」

和泉が言い、麻子も「ほんと」と言って笑った。

アナウンスはまだ続いている。

——和泉直人様、お子様が迷子になっています。十号車の車掌室までおいでください。

「何をしているんだ」

和泉は腹が立ってきた。同姓同名のせいか、なんだか人ごととは思えない。

「あなたがいらいらしても、仕方がないでしょうに」

麻子はおかしそうに笑った。

アナウンスは埒《らち》があかないとみて、表現を変えた。

——T大学の和泉直人様……。

「なんだと？……」

和泉はリクライニングシートを引き起こした。麻子は直し方が分からないで、倒したままのシートに起き上がろうとして、もがいている。

——T大学の和泉直人様、お子様が迷子になっています。すぐに十号車の車掌室までお越しください。

「どういうことだ？」

「なんですの、これ？」

夫妻は口を半開きにした互いの顔を見つめあった。ついさっき嘲笑《ちょうしょう》したばかりの「間抜けな親」というのは、じつは自分たちのことであったらしい。

「いたずらかな？」

和泉はとっさにそう思った。さっき見送りに来た連中の誰かが、いたずらを仕掛けたことは考えられた。

「でも、迷子がいることは事実なんでしょう？」

「うーん、それはそうだな」

「とにかく、行ってらしたら？」

「おれがか？　おれが行くのか？」

「ええ、だって、迷子のお父様はあなたなんですから」

麻子は冷淡な言い方をしている。

「おい、きみはまさか、妙なことを疑っているわけじゃないだろうね？」

「妙なことっておっしゃると？」

「いや、だからさ……」

和泉は周囲を見回した。グリーン車はいくぶん空席がある程度で、近くの席はほとんどいっぱいになっていたが、誰一人として和泉夫妻の会話に興味を示している様子はない。現代人の恐るべき無関心も、こういう場合にはありがたい。

「おれが、どこか外に子供を作っていたなんて……」

「いやだわ、そんな……」

麻子は慌てて夫の口を押さえた。顔が真っ赤になっている。

「そんなこと、思ったりしませんよ」

「そうか、それならいいのだ。だったら、二人一緒に行ってみよう」

麻子はしぶしぶ立ち上がった。やはり、気持ちのどこかに、疑惑が生じていることは間違いなさそうだ。

十号車車掌室の前に、車掌に見守られながら、四、五歳の男の子が立っていた。

車掌はマイクを握って、放送をつづけようとした。

「あ、きみきみ」

和泉は急いで呼んだ。

「その、いま放送していた和泉直人という者ですがね」

「あ、ご両親ですか」

車掌はちょっと戸惑ったような表情を見せた。和泉の年齢が男の子の幼さからみると、やや老けすぎという印象を受けたようだ。たしかに、和泉夫妻なら、祖父母といってもいいかもしれない。

しかし、何はともあれ「両親」が現れてくれたのは歓迎すべきことだ。車掌はすぐに笑顔になった。

「心配しましたよ、もしかすると東京駅で乗車なさらなかったのじゃないかと思って。それじゃ、お渡ししますから、今後は気をつけてくださいよ」

「いや、違うのですよ」

「は？」

「私はこの子の父親ではありませんよ」

「あ、そうでしたか、やっぱりお祖父さんでしたか」

「いや、そうじゃなくてですね、この子の父親でも祖父でもないと言っているのです」

「じゃあ、何なのですか？」

車掌も多少面倒臭くなっているのだろう、言葉つきが突慳貪《つっけんどん》になった。

「だから、つまり、関係がないと言っているのです」

「え？　関係のない方ですか？　だったら何の用ですか？」

「だから、いま呼び出しをされたからやって来たのですよ」

「いや、私が呼んだのは和泉直人さんという、この坊やのお父さんですよ」

「だから、その和泉直人は私だと言っているのですよ」

「ああ、同姓同名の方ですか。しかし、私がお呼びしているのは、T大学の和泉直人さんなのです」

「T大学の和泉は私しかおりませんよ」

「えっ？　なんだ、そうなんですか。だったらお客さんのことじゃないですか。困りますよ、からかわないでください、こっちも忙しいのですから」

「分からない人だなあ」

「分からないのはお客さんのほうでしょう」

話がこじれて、険悪なムードになった。

その間に、麻子が見兼ねて、男の子に訊いた。

「あなたのお名前は？」

男の子は黙って、胸に下げたハンカチを指さした。

――和泉直人長男　雄一《ゆういち》――

色白の目の大きな子だ。緊張のせいなのだろう、赤い唇をキュッと引き締め、麻子の顔をじっと見つめた。

「あなたのお父様は、何をなさっていらっしゃるの？」

雄一はハンカチを引っ繰り返した。

――T大学法学部教授――

いずれも女性の文字らしい、優しいしっかりした楷書で書かれている。

「あなた、やっぱりこの子、あなたの子供のようですわよ」

麻子の声は上擦るかわりに、無理に抑えつけたように嗄《しわが》れて聞こえた。

思いがけない展開になってきた。車掌は好奇心あふれる目を、和泉夫妻に代わる代わる向けている。

2

食堂へでも行くのだろうか、たまたま、若いアベックが通路を通りかかって、麻子の声にびっくりして、それから笑いを噛《か》み殺しながら走って行った。

「ばかなことを言うなよ」

和泉は慌てて叱った。

「そんなことがあるはずないだろう」

「でも、ほら、ここにちゃんと」

麻子はムキになってハンカチの文字を指差した。

「あ、ほんとだ……」

和泉自身、感心したような声を発した。

「どういうことなんだい、これは？」

「どういうことなのか、訊きたいのはわたくしのほうですよ」

麻子は冷たく突き放した。

「おい、何を誤解しているんだ、みっともないじゃないか」

夫婦の遣り取りを、車掌は楽しそうに見ている。次の停車駅・名古屋《なごや》まではまだ時間がたっぷりあるのだ。

「困ったね」

和泉は男の子を見下ろして、溜め息をついた。

「きみ、雄一君ていうのか」

「うん」

「どこから来たの？」

「うちから」

「うちって、どこだい？」

「わかんない」

「パパの名前は？」

雄一は黙って、ハンカチの文字を示した。

「しようがないなあ、これじゃ埒《らち》があかないね」

和泉がお手上げのポーズを取るのに、麻子が代わって、雄一の脇にしゃがみ込むと、和泉を指差して言った。

「ねえ、あなたのパパって、この人なの？」

「よしなさい！」

和泉は慌てて麻子を制止したが、雄一のほうが「ううん」とかぶりを振ってくれた。

「違うの？　この人じゃないの？」

「うん、パパは死んだよ」

「そうなの、亡くなったの……」

急に、麻子は湿っぽい声を出した。

「ほらみなさい」

和泉はやっと平静を取り戻したが、この男の子の処置をどうするかは、いぜんとして残された問題だ。

その時、雄一が言った。

「おじさん、イズミナオトっていうの？」

「ん？　ああ、そうだよ、私が和泉直人だ」

「だったら、これ」

雄一はナップザックから封筒を取り出した。宛名は「和泉直人先生」とある。裏を引っ繰り返してみたが、何も書いてない。

「ママがおじさんに渡してって」

「開けてもいいんだね？」

和泉が確認すると、雄一はコックリと頷《うなず》いてみせた。

封を切ると、便箋《びんせん》二枚にハンカチと同じ丁寧な文字で次のように書いてあった。

このような失礼な方法でお願いをいたしまして、ほんとうに申し訳ございません。でも、私にはほかにいい智恵も思い浮かばなかったのです。弁護士さんや、とりわけ先生のようなお偉い方にお願いするには、きっと沢山のお金が必要でしょうし、第一私のような者がお目にかかることさえできないにちがいありません。それで、悪いこととは思いましたけれど、こんな不躾《ぶしつけ》をさせていただきました。虫のいいお願いで、ほんとうに申し訳ありませんが、この子をどうぞ湯布院までお連れください。住所は大分県大分郡湯布院町○○　高梨龍太郎《たかなしりゅうたろう》方でございます。詳しいことは先方にお連れ下されば分かるはずでございますので、なにとぞよろしくお願いいたします。雄一にはくれぐれも言い聞かせてありますけれど、もし我儘《わがまま》を申しましたり、先生の言うことをきかないようなことをいたしました時には、どうぞ御放念下さって、警察になりお引き渡し下さって結構でございます。

右のこと、伏してお願い申し上げます。


プツンと切れたように、手紙の文面は終わっている。署名もない。

「きみの名字は高梨っていうの？」

和泉は雄一に訊いた。

「ううん」

雄一は首を横に振った。

「じゃあ、何ていうの？」

その質問には黙って答えない。唇は真一文字に結んで、訊かれても答えない意思表示をしているらしい。

「じゃあ、ママの名前は？」

それにも答えなかった。

「そういうことを言ってはいけないって言われているんだね？」

「うん」

今度ははっきり頷いた。

「どういうことかな？……」

「どうしましょう」

和泉と麻子は顔を見合わせた。とんだ濡《ぬ》れ衣《ぎぬ》は晴れたが、厄介なお荷物を抱えたことには変わりがない。

「お客さんはぜんぜん知らないのですか？　この坊やを」

車掌も途方にくれたように言った。

「ああ、知らないし、まったく思い当たることがないですね」

「しかし、お客さんが大学の先生だとか、そういうこと、この子のママは知っているみたいじゃありませんか」

「そうですねえ、それに、どうやらこの列車で九州に行くことまで知っているらしい」

「気持ちが悪いわねえ」

麻子は正直な気持ちを言った。

「どうします？」と車掌は結論を急いだ。

「名古屋駅で鉄道警察官に引き渡しましょうか？」

「うーん、そうだなあ……」

和泉はあらためて雄一の顔を見下ろした。

「いけませんよ、そんなこと」

麻子がびっくりするような声で言った。

「可哀相じゃありませんか」

「しかし、お客さんは、この子とはまったくの赤の他人なのでしょう？」

「それはそうですけれど……」

「だったら、そうするより他に方法がないのとちがいますか？　それとも、その手紙に書いてあるように、湯布院までお連れになりますか？　……いや、その前に、お客さんはどちらまで行かれるのですか？」

「長崎まで行く予定です」

和泉が答えた。

「それじゃ、湯布院とは方角違いですねえ。やっぱり名古屋で下りてもらいましょう。なあ坊や、それでいいね？」

車掌が腰をかがめるようにして訊くと、雄一は反射的に麻子の腕に縋《すが》りついた。脅えた目で、車掌の顔を睨んでいる。しかし涙は見せなかった。よほど母親に言い含められているのか、とにかく、子供ながら、相当な覚悟ができているらしい。

「ねえ、あなた、連れて行ってあげましょうよ」

「湯布院にか？　……」

和泉は「湯布院」という言葉に、自分の潜在意識を指摘されたようにドキリとした。

――相羽勝司氏の秘書が湯布院で自殺した。

高柳がそう言っていた。忘れたつもりでいたが、これも何かの因縁なのかもしれない。和泉の気持ちが動いた。

「そうだな、連れて行ってあげようか」

「そうしていただけると助かります」

車掌も喜んだ。男の子の恨《うら》めしそうな目が気になっていたにちがいない。

「よし、決まった、いいよ坊や、連れて行ってあげる」

和泉は雄一に言った。

「どうもありがとう」

雄一はきちんと頭を下げた。

「お行儀のできた子ですねえ」

涙腺の弱い麻子は雄一の健気《けなげ》さに、もう涙ぐんでいる。

「車掌さん、そういうわけで、目的地を長崎から急遽《きゆうきよ》、由布院に変更したいのだけれど、可能ですか？」

「はい、もちろん可能です。ええと、ちょっとお待ちください」

車掌は運行ダイヤを調べた。

「それでしたら、この列車を小倉《こくら》で下りていただいて、十三時五十二分発の日豊《にっぽう》本線『にちりん29号』にお乗りください。そして別府で十六時六分発、久大本線経由の特急『ゆふいんの森号』にお乗り換えになると、十七時十分には由布院に着きます」

「どうもありがとう。それで、この子の運賃のほうはどうなりますか？」

「もしそうしていただけるなら、この子の運賃はサービスしますよ。六歳未満でおふたりに同伴している、ということにしましょう。もっとも、これは私の独断ですから、上には内緒ですが」

「偉いね、あんた」

和泉は車掌の肩を叩いた。

「いや、褒《ほ》められると困ります。これは厳密には服務規則違反なのですから」

車掌は照れ臭そうに頭を掻いて笑った。

3

おとなたちの「契約」が成立したのを見て取って、雄一はナップザックからもう一通の封書を出して、「これ」と和泉に渡した。封書の表にはただ〔2〕と書いてあるだけだ。

「なるほど、最初の手紙を見て、連れて行ってもらえることになった時、これを渡すように言われていたんだね？」

和泉は察して言った。雄一は「うん」と答えた。

封書には手紙と一緒に宿泊クーポンが入っていた。

――由布院温泉珠《たま》の湯《ゆ》旅館　お二人様御一泊――

「驚いたなあ、用意周到だ」

和泉は便箋を広げた。


勝手なお願いをお聞きとどけいただきまして、ほんとうにありがとうございます。同封いたしましたものは、失礼かと存じましたが、私ども母子のほんの心ばかりの御礼のつもりでございます。御迷惑は重々、承知いたしております。なにとぞよろしくお願い申し上げます。


「きみのママは頭のいい人のようだねえ」

和泉は雄一の頭に手を置いて、言った。雄一は嬉しそうに、白い歯を見せて頷いた。

「さて、とにかく、席に戻ろうか」

和泉夫妻は雄一を連れて自分たちのシートに戻った。車掌もついてきて、通路を挟んで隣の空席に雄一を坐らせた。

「途中でお客様が乗っていらっしゃったら、席を換わってもらうからね」

車掌の説明に、雄一は「うん」と頷いている。分かっているのかどうかはともかく、そういう態度はじつにしっかりしている。

和泉は車掌に言って、雄一と自分の席を交換した。これなら途中で席を換わるのも、まごつかなくてすむ。平井説には「男女がべつべつに坐るケース」というのはなかったが、こういう場合はどうなるのだろう？——などと考えた。

「きみ、いくつ？」

和泉は通路に身を乗り出して、反対側の窓際にいる雄一に訊いてみた。

「五つ」

「そうすると、まだ幼稚園か」

「うん、幼稚園、休んできたの」

「そうか、じゃあ、早く帰りたいだろう」

雄一はコックリと頷いて、泣き出しそうな顔になった。

「だめよ、そんなことを言っちゃ」

麻子が窘《たしな》めた。それでなくても母親と離れて里心がついているのだ。和泉は首をすくめた。

車内販売のジュースとお菓子を買って、雄一に渡した。

「ぼく、持ってる」

雄一のナップザックは魔法の袋のように、必要な物を揃えているらしい。中からジュースの缶とクッキーの袋が出てきた。

「まあいいから、それはとっておいて、お食べなさい」

麻子は苦笑しながら、命令した。雄一は素直に従う。そういう約束であることを、きちんと守るつもりなのだろう。

「それにしても、いったいどういうことなのかなあ？」

和泉は麻子のほうに身を傾けた恰好で、言った。

「われわれが今日のこの列車で九州へ行くことを、ちゃんと知っている人間であることは確かだ」

「知っているのは、宴会に出席してくださった人たちだけでしょう？」

「ああ、そもそもフルムーン旅行なんていうのは、あの時まで思ってもいなかったのだから、直接に知っているのはそのとおりだが、そのあと間接的に、その連中から聞いた人間がいないわけではないだろう」

「そうなると、ずいぶん大勢の方ですわね」

「大勢といったって、多く見積もってもせいぜい何百人程度だよ。そのうち、いろいろな条件を満たす人間はほんの数人といったところじゃないかな」

「いろいろな条件ていうと、何かしら？」

「とにかく、この子の母親である以上、まず女性であることは間違いない。あの日の参会者は七割かたは男だった。女性といっても、大抵は学生か職員で、この子の親であるような人はいなかった。となると、参会者の知人か身内か、とにかくあの日は会場にいなかった人物だろう」

「それじゃますます漠然としてますよ」

「そんなことはない。相手が家族だか友人だかはともかく、当日の会のことが噂に出たとしても、よほど話題に不足していないかぎり、われわれが旅行に出掛けるという話までするはずがない。しかも、この日のこの列車に乗るなんてことを、誰が話題にのぼらせるものか。今日、見送りにきてくれた数人を別にすれば、ほとんどみんな忘れているよ」

「じゃあ、あの人たちの関係者かしら？」

「たぶんそうじゃないかな。そして、年齢は三十歳前後。いくら若くても二十三、四

歳以下ということはなさそうだ。それだけ限定したって、調べればすぐに分かること
だ」
「それから、湯布院に知り合いがいることも条件の一つですよね」
「ああ、もちろんそういうことだな。それにしても、こんな七面倒臭いことをわれわ
れに依頼するというのは、どういう事情によるものなのだろうなあ？」
「なんだか、いやなことに巻き込まれそうな気がするわねえ」
「うん、それは言えるね」
雄一は二人の会話を聞いているのかいないのか、ぼんやり窓の外を通り過ぎる風景
に見入っていたが、麻子に身を凭《もた》せかけて、いつのまにか、眠りに落ちていた。
「緊張して、疲れたんでしょうね」
麻子は雄一の頭を撫《な》でながら、呟いた。
「ほんとに可愛い子だわねえ。郷子《きょうこ》も早く赤ちゃん、産めばいいのに」
一人娘の郷子が結婚して何年も経つのに、いっこうに子供をつくる気がなさそうな
のが、麻子は不満だ。
「それにしても、こんな可愛い子を一人、見ず知らずの私たちに託して、遠い九州ま
で送り届けさせようというのですもの、よほどの事情があるに違いないわねえ」
「一つ考えられることは、捨て子だな」

「まあ……」

麻子は非難の目を夫に向けた。

「そんなこと、この子のお母さんがするはずはありませんよ」

「いや、捨て子といったって、愛情がないからという理由だけではないだろう。病気だとか、生活苦だとか、そういうやむにやまれぬ理由があって、子供だけは親戚に預けようというのかもしれない」

「だったら、もしかすると、この子のお母さんは自殺……」

言いかけて、慌てて口を押さえた。

「考えられる最悪のケースだがね」

和泉も否定はしなかった。

「もしそんなことだとしたら、なんて可哀相なんでしょう」

麻子は潤んだ声になった。

「まだそうと決まったわけじゃないさ。とにかく先方に行ってみなきゃ分からない」

「その、湯布院の高梨さんとかいうお宅は、どういう人なのかしらねえ。いい人ならいいんですけど」

「それも行ってみなきゃ分からない。こうなった以上、あれこれ思い悩んでみたところで始まらないよ」

「あなたってほんと、呑気なんですから」

「呑気はそっちだろう、おれが大学を辞めたって、平気な顔をしているじゃないか」

「あら、それじゃあれですか？　何か心配したり、オロオロしないといけなかったのかしら？」

「そういうわけじゃないが、少しは不安そうな顔をしてくれないと、張り合いがない」

「呆れた……そりゃ、わたくしだって内心は不安でないこともありませんよ。でも、あなたのことを信じていますもの。それじゃご不満なの？」

「いや、不満ということはないがね」

「だったら、いいじゃありませんの。それに、あちこちの大学から、もうお声がかかっていることですし」

「そりゃそうだが……しかし、なんとなく物足りないのだな」

「おかしな人、子供みたい……」

麻子は笑った、和泉にはたしかに子供みたいなところがある。麻子の目から見ると、およそどうでもいいようなことにでも好奇心を示すくせに、肝心な日常的なことをまるで知らない。うっかり気付かずにいると、結婚式に不祝儀用の袋を持って行きかねないようなところがあった。

T大学を辞めたことも、ついに公式にはいちども伝達されないままになった。和泉も黙っているし、麻子のほうも「お辞めになったのですね？」と確かめることをしなかったから、どっちもどっちといえる。

辞めたとたん、いくつもの大学から、それこそ引く手あまたという感じで勧誘されたのだが、和泉はこのチャンスに一年間、仕事を休み、長年の懸案だった執筆のほうにかかりきりになる決心をした。

そういうことも麻子には相談なしである。麻子もそれに対して文句を言わない。夫を信じている——というと聞こえがいいけれど、実際には、諦《あきら》めているというべきなのかもしれない。

4

穏やかなフルムーン日和《びより》——という言い方があるなら、今日がまさにそういう日かもしれない。

新幹線から日豊本線に乗り換える小倉駅のプラットホームには、心地よい春の気配が漂っていた。

日豊本線沿線は、小倉を出てしばらくは、何の変哲もない、少し草臥《くたび》れたような街の風景が続く。行橋《ゆくはし》を過ぎる辺りから、左手に海が見えてくるけれど、小さな工場や雑駁《ざっぱく》な町並みばかりで、感興をそそるほどの風景は見られない。八幡宮で名高い宇佐《うさ》にかかる辺りから、国東《くにさき》半島の付け根の、やわらかな丘陵地帯の中を縫って進む。

この付近の風景はいかにも日本的で、大和《やまと》の明日香《あすか》村を髣髴《ほうふつ》させる。左右の山や野は芽生えの季節を迎え、優しい萌葱《もえぎ》色に染まりつつあった。

やがてふたたび、左手に海岸線が近づき、国道10号線と平行して走る。まもなく、大小さまざまな建物が密集した街に入ってゆく。街はかなり急な斜面を埋め尽くし、そのあちこちから白い湯気を立ち昇らせている。

別府ではかなりの客が降りる。支度を整えて、三人はデッキへ向かう行列の後ろについた。

「ほんとに湯の町だわねえ」

麻子は窓の外を覗き込んで、感動したような声を発した。

「あれ、全部温泉が湧いているのね。そうすると、この下はマグマなんだわ、きっと」

「ばかだな、そんなはずがないだろう」

和泉は笑った。

「あら、だってそうじゃありませんか、マグマの熱で温泉が出るんでしょう?」

「そりゃ地球の深くにはマグマがあるに決まってるが、すぐ下にあるわけじゃないさ」

「そうかしら? でも、あんなに蒸気が吹き出しているわよ。やっぱり火山が近いのだと思うけど」

「そんな幼稚なことを言うと、その子に笑われちゃうぞ」

雄一は黙って湯煙の街を眺めていた。そういう性格なのか、それとも、和泉夫妻に遠慮をしているのか、ほんとうに無口な子であった。

新幹線の車掌に指示されたとおり、別府で『ゆふいんの森号』に乗り換える。いままで見たこともないような華麗な列車だった。「高原のリゾートエクスプレス」というのだそうだが、そのキザっぽい名に恥じないゴージャスな雰囲気は、ヨーロッパのリゾート列車の風格がある。

麻子は「すてきだわ、すてきだわ」を連発した。

外観もしゃれているけれど、サロン風の内装や調度品が、ちょっとしたホテル顔負けといった感じだ。

回転式のリクライニングシートや収納型テーブル、足掛け、マガジンラック、クローゼット等々、いたれり尽くせりだ。

「日本にもこういう列車が走るようになったのねえ」

戦後まもなくの、日本中が貧しい時期に修学旅行に行ったクチの麻子は、感慨無量という声を発した。

雄一もしばらくは物珍しそうに車内の様子や窓外の風景を眺め回していた。しかし、麻子とは対照的に、静かで、こころなしか物寂しい表情だ。

麻子は雄一の気持ちをひき立たせようと、ことさらに景色のことなど、話しかけてみるのだが、あまり反応しない。

母親と離れて、見知らぬおじさん、おばさんと、遠い知らない土地へ向かうのだ、気が滅入らないはずはない。

（どういう事情なのだろう？　――）

和泉は雄一の横顔を見て、もう何度目かの疑問に囚《とら》われた。

どういう事情にせよ、こうして、わが子をひとりぼっちで送り出す母親の意志の強さは、なみなみならぬものがあるのだろう。それにも増して、その母親の命令に従った雄一の賢さや健気さは、まさに驚嘆に値する。

無口でいるのは、きっと耐えている証拠なのだろう。その雄一の心情を思うと、なんとかしてやらなければ――という気にもなってくる。

『ゆふいんの森号』は大分までは日豊本線を走り、大分を発車するといよいよ西の山間部に入って行く。

久大本線は「久留米」と「大分」を結ぶ、いわばローカル線である。国鉄時代には廃止論も出たような赤字路線だ。しかし、他の地方がそうであるように、JRになって活気を取り戻した。赤字は赤字としても、明るい未来がほの見えてきた。

そこへもってきて、湯布院町はこのところ観光ブームに沸き立っている。前にも述べたように、大分県湯布院町は、由布院町と湯平村とが合併して生まれた町である。両方とも温泉の町であるところから、双方の文字を取って、「湯布院町」とした。

JRの駅は「由布院」と書く。温泉の名も由布院温泉といい、湯平温泉とは一線を画している。つまり、町名の「湯布院」と温泉名の「由布院」とが共存するかたちなので、少しややこしい。

湯布院(由布院)の空前といえる繁盛は、地元有志の長い間の奮闘の成果である。由布院温泉は、戦後の一時期などを除けば、つい最近までは、別府温泉と阿蘇の谷間のように、ひっそりとした山間の温泉でしかなかった。醒めた目で見れば、盆地の底のただの湯治場——といったところだ。第一に交通の不便さはどうしようもなかった。「奥別府」と称していたことからも分かるように、別府のおこぼれを頂戴して、なんとか暮らしていた時代が長かった。

一九七五年頃から、湯布院は急速に変貌を遂げた。大分県知事が全国に先駆けて「一村一品運動」を提唱したのと呼応するように、湯布院はこれまでの古いイメージから脱皮して、新しい温泉保養地へと歩み始めたのである。

「新しい」というと、近代的なビル形式の大型温泉ホテルに結びつけたがるのがふつうだが、湯布院で展開された戦略はまったく逆方向のものだった。

現在、由布院温泉の中で、お客たちにもっとも人気の高いエリアは、雑木林の中にひっそりと佇《たたず》むように、小さな建物が点在する辺りである。建物は大抵が平屋か二階屋。いまや日本中のどこにも見られなくなった、古き良き日本の「田舎」がそこにある。

湯気を立てて流れる小川の脇の細道を、二人、三人と連れだって散歩する——という、のどかで鄙《ひな》びた情景が、ことに女性客にウケた。

団体貸し切りバスでワーッと来て、宴会でワーッと騒いで、また次の目的地へ向けてワーッと去ってゆく——という、男社会、あるいは会社族主体にセットされた旅行の時代が終わり、旅はより個人的で、人や風物との触れ合いを大切にするものであるべきだ——とする風潮が高まってきた。

湯布院の若いリーダーたちは、そういう時代を予見したかのように、個性的な環境づくりを行なった。「小別府」を目論《もくろ》む古い体質のおとなたちの手から、若いリーダーたちに主導権が移った時から、湯布院は生まれ変わり、ブームへの道を突っ走り始めた。

JR九州の『ゆふいんの森号』はそういう気運を象徴するような、新時代のリゾート特急だ。国労や動労が主導権を握っていた国鉄時代には、こういうサービス主体型の列車が走ることなど、想像すらできなかったにちがいない。列車とは物や人を大量に積んで運ぶ機械——というのが固定観念であった。そういう頭からは、客を楽しませる——という発想など浮かぶはずがない。

『ゆふいんの森号』が昭和から平成へと年号が変わった年に生まれたというのも、何か新しい時代への飛躍を思わせて、心浮き立つものがあった。

別府から由布院まで、わずか一時間で行ってしまうのが物足りないほど、『ゆふいんの森号』は快適だった。

和泉の隣に坐った品のいい和服姿の老婆が、雄一の顔をじっとみつめては、しきりに首をかしげている。

そのうちに我慢できなくなったように、和泉越しに麻子に話しかけた。

「湯布院へおいでるとですか？」

「ええ、そうですけど」

麻子は面喰らいながら答えた。

「ほう、東京のお人でしたか。お孫さんをお連れとねえ」

「いえ、そうじゃないのですよ」

孫がいるような歳と思われては心外なので、麻子はきっぱりと否定した。老婆は目を丸くして驚いている。

「そしたら、息子さんですとね？」

「いえ、そうじゃないのですけど」

どう説明すればいいのか、麻子は困ってしまったが、さいわい、老婆の興味はもっぱら雄一のほうに向けられている。

「かわいい坊やですなあ」

あらためて、まじまじと雄一を見つめて、

「前に、どこぞで会うたような気がしてなりませんがなあ……」

また首をかしげて、言った。

「いま東京から来たばかりですから、お会いしたことはないと思いますけど」

「そうでありましょうなあ。それでも、よう似ちょるように思うがなあ……湯布院に親戚さんでもおるんとちがいますか？」

「さあ、どうでしょうか？」

「どうでしょうかちゅうて……」

老婆は妙な顔をした。親戚がいるならいる、いないならいない——とはっきり答えないのは、たしかにおかしい。

「人から頼まれて、この子を湯布院まで送って行くだけですから」

麻子は慌てて説明したが、それですべてが理解されるようには、到底、思えない。

「その行く先が、この子の親戚なのかもしれませんけど」

「はあはあ、そぎゃんこつでしたか」

老婆はいくらか事情が飲み込めた様子だ。しかし、それからむしろ気掛かりなことに思い当たったように、しわだらけの顔で眉をひそめた。

「もしやしたら、この坊やをお連れんさるちゅうのは、高梨さんのところとはちがいますじゃろか？」

「えっ？……」

麻子ばかりか、それまでは無関心を装っていた和泉までもが驚いて、老婆の横顔を睨みつけた。

「ええ、たしかに高梨さんのお宅へ行くのですけど、じゃあ、おばあさんは高梨家を知っていらっしゃるのですか？」

「知っとるちゅうて……そらあんた、湯布院で高梨さんを知らんもんはおらんとですよ。したけど、やっぱしそうじゃったとですか、高梨さんのところの……こりゃおおごとじゃあなあ」

「何がですか？　何が、どうしておおごとなんですか？」

雄一のことをけなされたような気がして、麻子はむきになった。

「いやいや、わしは知らんとですよ」

老婆は慌てて席を立ち、そそくさと荷物をまとめはじめた。まだ由布院までは間がありそうなのに、さっさと出口へ向かって行ってしまった。

「何なの？　あのおばあさん……」

麻子は老婆の背中を見送って、言った。

「おおごとって、いったい何のことを言っているのかしら？」

「気にすることはないよ、いずれ先方に行けば分かることだ」

和泉は不安がる妻を慰めるように言った。

列車は大分川のゆるやかな流れに沿って遡《さかのぼ》り、山と山のあいだの狭い入り口から由布院盆地に滑り込んだ。

窓から盆地ごしに奇怪な山が見えた。ムソルグスキーの「禿山《はげやま》の一夜」を髣髴させるような岩山だ。

「あれが由布岳か」

和泉は少し興奮した声を発した。学生時代に登山に凝ったことがある。しかし九州の山にはついに登らなかった。九州にはろくな山がないと思い込んでいた。

「面白い山だなあ」

さすがに「登ってみようかな」とは言わなかったが、忘れていた青春の血が騒ぐのを感じた。

由布院駅は小さな田舎風の建物だが、それなりによく手入れしてある。駅を出るとタクシーが駐車する程度の広場の向こうは、すぐに商店街であった。

「汚い街だなあ」

和泉は駅前に立って、率直な第一声を発した。

「聞こえますよ」

麻子が慌てて、和泉の洋服の裾を引っ張った。

「聞こえたっていいさ、事実なのだからしようがない」

「それはそうかもしれないけど」

「いや、いま評判の湯布院だからさ、期待感があるじゃないか。それを裏切る汚さだという意味で言ったのだ」

「分かりましたよ、分かりましたから、その汚いと言うのはやめてくださいな」

たしかに、何も期待感がなければ、日本中のどこへ行っても見られるような、ごくありきたりの商店街である。「パチンコ」「クスリ」「うなぎ」「ラーメン」といった看板がめったやたら、極彩色を競いあい、コンクリートの電柱や道路標識が林立する。まるでオモチャ箱の中か、ゴッタ煮の鍋の中を見るような風景である。

これが名にしおう、かの有名な湯布院か——と、正直なところがっかりした。

駅前からタクシーに乗った。「珠の湯」と言うとすぐに分かった。「いい旅館ですよ」と運転手は言った。

駅前通りを抜けると、風景が一変した。土産物屋《みやげ》も食べ物屋も旅館も、すべて田舎風を装って、それが統一されている。

道は主要道の裏側に細道があって、それに面してさまざまな趣向を凝らした店が並んでいる。それも軽井沢《かるいざわ》の「銀座《ぎんざ》」のようにひしめきあうというのでなく、充分な空間をあけて、素朴さを失わない程度に、ひっそりと店を開けている。

旅館のあり場所を示す看板の極端に小さいのが、何よりも好もしい。駅前の雑駁さとは対照的に、客を静かにもてなす精神がそこはかとなく感じ取れる。

「なるほど、これが湯布院か」

和泉はフロントグラスの向こうに、見えてくる風景の面白さに見惚《みと》れて、湯布院の人気の秘密が分かるような気がした。

川を渡ると、そこが目指す珠の湯旅館であった。

タクシーを降り、旅館の敷地に向かって佇《たたず》んで、和泉は思わず「いいねえ……」と呟いた。

「旅館」といっても、いわゆる旅館ふうの建物を連想しては当たらない。京都東山《きょうとひがしやま》あたりの寂れた公卿《くげ》屋敷——といったら、少しは雰囲気が伝わるだろうか。竹やさまざまな古木が茂る中に包みこまれるように、平屋ばかりが十幾棟も散在している。

フロントやオフィスやレストランなどが入っている建物だけが、やや大振りの二階屋で、表の道路からその建物へ向かって、雑木林のような庭の中を、幅が五十センチばかりの石畳の小路で渡ってゆく。

小路の脇にはさらに細い溝があり、温泉から溢《あふ》れた湯が、湯気を立てて流れている。

最初の建物の角を曲がると、もうそこは、完全に俗界を忘れさせる別天地である。

「いいねえ、いい雰囲気だねえ」

和泉も麻子を振り返って、もういちど言った。

駅前商店街とここの落差の大きさには感嘆するほかはない。煩瑣《はんさ》な日常生活に疲れた現代人が求めるものを、ちゃんと知りつくして、心にくいばかりの、侘《わ》び寂《さ》びの世界を創り上げている。

フロントで記帳をすませると、そこから先は和服の女性が部屋に案内してくれる仕組みになっている。

回廊のように巡らされた石畳を通って行く離れ家の一軒が、そのまま客室であった。

格子戸を開けて入ると、ふつうの民家なみの三和土《たたき》のある玄関だ。建物の中は、座敷、寝室、洗面所と三つのブロックに分かれ、それぞれがかなりの広さである。洗面所に隣接して、トイレと、反対側に湯殿がある。湯殿も広く、湯船は総檜の立派なものだ。とうとうと流れ落ちる湯が溢れて、もったいないほどであった。

そういったものを検分しながら、ひとつひとつに嘆声を発していると、まもなく旅館の女将《おかみ》が挨拶にやってきた。

三十代半ばを越えたか越えないか、着物の似合う女性だ。

敷居際で三つ指ついて、「いらっしゃいませ」とお辞儀をする様子は、いかにも日本的で落ち着いて見えるけれど、視線を上げると瞳がキラキラ輝いて、娘っぽさがほの見えるような、陽気で少しやんちゃな感じもする女性だった。

「本日はようこそおいでくだされました」

挨拶をしながら、雄一をみて、「かわいらしい坊やちゃんですなあ」とお愛想を言い、そのまま視線が釘付けになった。

「あの、お孫さんとは違いましょう?」

列車内の老婆と同じ戸惑いを感じたように、笑いかけた顔が強張《こわば》った。

「ええ、孫でも息子でもありませんよ」

和泉は少し自棄《やけ》ぎみな口調で言った。

「ちょっと事情があって、湯布院町のあるお宅に連れて行くことになったのです」

「もしやして、そのあるお宅さんというのは、高梨さんのお宅と違いましょうか？」

「そうですよ、高梨家ですよ」

和泉と麻子は顔を見合わせた。

「驚いたなあ、列車の中でもそう言われたのだけど、どうして分かるのですか？」

「はあ、それは……」

女将はしばらく逡巡《しゅんじゅん》してから、言った。

「よう似ておいでですもの」

「似てるとは、誰に似ているのですか？」

「高梨さんのお宅の跡取り息子さんで、弘一《こういち》さんとおっしゃる方です。学校では、私より一学年下の子ォでしたけど。可愛らしい子で……それにしても、ほんまによう似ておられますわ」

女将はいったん言ってしまった以上は、遠慮する必要もない――と言わんばかりに、雄一の顔をしげしげと眺めた。

「そうなんですか、それであのおばあさんもそう言っていたのか……」

和泉はいやな想像が浮かんだ。雄一は、その弘一という人物がどこかの女性に生ませた子ではないか——と思った。

「それじゃ、高梨家にはその弘一という人がいるのですね？」

「いいえ」

女将は悲しそうに眉をひそめて、首を横に振った。

「弘一さんは亡くなりました」

「えっ、亡くなったの？　いつですか？」

「たしか、四年前やったと思いますけど」

「そうですか……」

いよいよ厄介なことになりそうだな——と和泉はしだいに憂鬱《ゆううつ》な気分がつのってきた。

「そうしましたら、今日、これから高梨さんのお宅へおいでなさりますのですか？」

女将も気掛かりそうに言った。

「いや、今日は疲れたから、明日にしようと思っていますけどね」

和泉はなんだか気が萎《な》えて、少しでも先に延ばしたい心理であった。

雄一も自分のことが語られているのが分かるのだろう、不安そうな、いまにも泣き出しそうな顔であった。

第三章　高梨《たかなし》家の一族

1

その夜、高梨家には当主の龍太郎のほか、親族をはじめ、全部で十三人の人々が顔を揃えていた。

湯布院には、キリシタン大名で有名な大友宗麟《おおともそうりん》がこの地を支配していた頃からの旧家や、郷士の家がいくつかある。岩男《いわお》家、溝口《みぞぐち》家、日野《ひの》家、中谷《なかや》家などがそれだが、高梨家もそのひとつ、かつては大庄屋といわれた家柄だ。

高梨家のある辺りは、観光ブームの湯布院の中にあって、残り少なくなった手つかずの環境を温存している、恵まれた場所のひとつである。

由布岳を背にして、由布院盆地を見下ろすなだらかな傾斜地に、敷地が三千坪、建坪が三百坪という館のような住居を構え、周辺の山林、およそ二十ヘクタールが高梨家の所有とされている。

その高梨家二十二代当主の龍太郎が、いま重病の床にあった。医者のご託宣では、長くても半年か——ということである。

龍太郎自身、すでにそのことはうすうす察しがついているらしい。医者はもちろん、家族の者はひた隠しに隠しているが、かえって龍太郎のほうが、そういう周囲の気配りを嗤《わら》う。

「人間、いちどは死ぬもんち決まっちょる」

七十二歳という年齢は寿命というにはまだ若いが、老いぼれて死ぬよりは、いっそさっぱりしていてよろしい――というのが、龍太郎の口癖だ。

ただ一つ、龍太郎の心残りといえば、跡取り息子の弘一が早世したことだろう。

弘一は東京の大学へ行ったきり、盆暮に短い帰省をする以外、ついに湯布院に戻ることなく、かの地で死んだ。

弘一は龍太郎にとって自慢の一人息子であった。少なくとも弘一が成人するまではそうだった――といまでも龍太郎は思っている。

十年前に死んだ妻と似て、いくぶん腺病質なところが不安ではあったけれど、それをはるかに凌駕《りょうが》する賢さが弘一にはあった。

弘一がまだ子供の頃、龍太郎はよく、「おまえはダムをつぶした子ォじゃ」と言って笑ったものである。

いま考えると信じられないことだが、弘一が生まれた当時、由布院はダム建設の是非をめぐって、大揺れに揺れていた。由布院盆地がダムに沈むか――という瀬戸際だったのである。

昭和二十五年に朝鮮戦争が始まるとまもなく、由布院はアメリカ軍の後方基地の様相を呈した。休暇の兵隊や傷病兵が由布院温泉を中心とする施設を利用して、この地に屯《たむろ》していた。

戦前戦後を通じて、由布院がもっとも繁盛した時期である。街は紅灯で賑わい、別府や博多《はかた》から、女たちが大挙して出稼ぎにやってくる——というありさまであった。だが、戦争が終結してアメリカ軍が引き上げると、状況は一変した。宿も店も閑古鳥が鳴き、由布院盆地は蛙の声で賑わうばかりになった。

別府をはじめとする周辺の温泉地は、どこもホテルを建て、設備を改善するなどして、ようやく盛り上がりを見せてきた観光ブームの受け入れ態勢をつくりつつあった。そんなことをしないでも、空前の繁栄を謳歌していた由布院は、時流に乗り遅れた。由布院盆地は、温泉が出るただの田舎に成り下がってしまったのである。

そこで、盆地をダムに身売りする話が出てきた。たしかに、由布院盆地はスリ鉢状の地形といい、大分川の狭い谷を一つ閉じれば、広大なダム湖が誕生する、絶好の条件を備えてはいた。

高梨家は先代がまだ元気だった頃で、まずいの一番にダム建設に賛成した。高梨家の土地の多くは斜面から上にあって、ダム湖ができれば、ただの山林が一躍、湖畔の風光明媚の地に生まれ変わる。

先代も龍太郎も、ダム誘致運動の先鋒《せんぽう》となって町中を駆け巡った。高梨家の政治力は強かったから、あわや――というところまで行った。

その矢先、龍太郎の妻が男の子を生んだ。どうしても男の後継ぎが欲しかった龍太郎夫婦にとって、まさに待望の出来事であった。

じつはその少し前、龍太郎夫婦は由布院神社に願かけして、もし男の子ができればダム建設は撤回する――と約束した。ダムが完成すると由布院神社は水没する運命にあって、神主は猛反対だったためである。

弘一誕生と同時に、高梨家はダム誘致の戦線から離脱した。とたんに全体の気運も萎《な》えて、さしも猖獗《しょうけつ》をきわめたダム騒ぎも、しりつぼみに終わった。

そういう経緯があっただけに、龍太郎の弘一にかける期待は大きかったし、弘一の資質もまたそれによく応えた。

弘一は幼年時代から賢く、鋭いことを言って、しばしばおとなどもを驚かせた。小学校中学校を通じて、ほかの子が比肩するどころではないズバ抜けた成績を上げ、大分の高校から現役で東京の国立大学に入った。

「頭がよすぎたんじゃ」

龍太郎はのちに、そう言って嘆いた。たしかに、弘一は大学に入った頃から、世の矛盾について、深く考えすぎるようなところが見えた。

湯布院町には、アメリカ軍がのこした演習場があったが、そこがそっくり自衛隊の演習場・基地として供用されていた。そういうことについて、弘一は帰省するたびに、龍太郎とはげしく論争した。

社会や政治を動かすものが、正義や倫理観ではなく、経済論理でしかあり得ないという事実に、弘一が深く絶望してゆくのを、龍太郎はもどかしい想いで眺めた。

「青臭いことを言うな」というのが、龍太郎の決まり文句であった。

「ゼニも稼ぎ出せんくせしおって」

とも言った。

そしてある冬以降、弘一は二度とふたたび湯布院町に足を踏み入れないまま、四年前、急性心不全で死んだ。

あらゆることを自分の思うままに生きてきた龍太郎にとって、弘一の造反と死は、唯一、意のままにならなかった痛恨事である。


三十畳敷の居間には、龍太郎の長女・夏美《なつみ》と彼女と夫・竹西秀二《たけにししゅうじ》、次女の秋野《あきの》と夫の馬場亮介《ばばりようすけ》、三女の春香、それに龍太郎の弟・高梨政次郎が屯している。

応接室には、龍太郎の幼馴染みである、由布院神社の大多賀《おおたが》宮司と、大多賀の娘で巫女《みこ》の三枝子《みえこ》。それから、龍太郎の部屋には医者の田所《たどころ》と看護婦が来ている。

これに、高梨家の執事と二人のお手伝いを加えると、全部で十三人ということになる。

「いやな数字ですねえ」

馬場が指折り数えて、言った。

「何が？」

秋野が訊いた。

「集まった人間の数がさ、キリストの最後の晩餐《ばんさん》と同じ数字だ」

「あらほんと、気持ち悪いわねえ」

秋野は首をすくめた。亭主の好きな――と言うけれど、秋野は馬場に感化されたせいか、ミステリーが好きで、むやみに縁起をかつぎたがる。

「ははは、相変わらず、つまらんことを気にするんやなあ」

竹西がばかにしたように言って、笑った。

「ほんま、馬場さんは呑気で羨ましいわ」

おどけた言い方だったが、馬場はもちろん、ほかの誰も笑わなかった。竹西の経営する会社がピンチなのは、馬場ばかりでなく、全員が知っている。

「だけど義兄《にい》さん、遺産が入れば、会社、立ち直るのでしょう？」

秋野が慰めるように言った。

「そら、もちろんです。しかし、遺産の前借りというわけにもいかんやろしなあ」

「大丈夫ですよ。銀行だって、高梨家の遺産だったら信用しますからね、遺産を担保に貸してくれますよ」

馬場は秋野の主張を補強するように言って、竹西を元気づけた。

「遺産の金額にもよりけりやけどな」

政次郎は自分には遺産の相続権がないと思うから、冷淡に言った。

「そうよねえ、お父さんは春香が贔屓《ひいき》やから、遺言書にはたぶん、春香の名前が大きく書いてあると思うわ」

夏美が拗《す》ねたように言った。

「そんなことないわよ」

春香は眉を曇らせた。そういう生ぐさい話になるのが、春香にはやり切れない。

「いいえ、たぶん姉さんの言うとおりや思うな」

秋野も夏美に同調した。

「姉さんや私みたいに、嫁に出た者には、お父さんの愛情もだんだん薄れていってしまうものよ」

「まさか、全額を春香に残すなんて書いてないやろなあ」

夏美は本気で心配そうに言った。

「いいじゃないですか」と、馬場は鷹揚《おうよう》なところを見せる。

「たとえそう書いてあったとしたって、遺留分はもらえるのだから」

「あほなことを……」

竹西は真顔で馬場を睨んだ。

「遺留分なんていうことになったら、あんた、六分の一でっせ。本来なら三分の一のところ、六分の一やったら、えらい違いや」

「ふーん、そういう計算になるのですか」

「なんや、そういうことも知らんで、よう推理小説なんか書きよるもんやなあ」

竹西は呆れた。

「ふつうやったら、三人姉妹やから、三等分するところや。もし全額春香さんに残す――いう遺言だと、まず二分の一を春香さんに上げて、残りの半分について三人で等分するいう形になるのや」

「なるほど、そういうことですか。しかし、それでも不労所得が手に入るのだから、充分じゃありませんか」

馬場はニコニコと嬉しそうに笑っている。

「それや、苦労のない人は呑気なもんや」

竹西は処置なし――と、お手上げのポーズを作ってみせた。

竹西にしてみれば、笑いごとではないのである。かりに十億の遺産があったとして、三分の一なら三億以上、六分の一だと一億数千万——たいへんな相違だ。

「でも、もし兄さんが生きていたら、もっとずっと少ないはずだったのですよ……」

春香が二人の義兄の勝手な遣り取りに水をさすように、唇を尖らせて、言った。

「それを言うたらしまいですがな」

竹西は、義妹のまだ娘むすめした硬い表情を、煙たそうに見て、苦笑した。

「ところで、わが高梨家の財産は、いったいどのくらいあるのですか？」

馬場は政次郎に訊いた。彼としては、純粋に興味本位に訊いている。

「さあなあ？　……」

政次郎は首をかしげた。

「正直なところ、わしにもさっぱり分からんのだよ。不動産はともかく、現金、有価証券だけでも二、三十億はあるち思うがな」

「ほう、二、三十億ですか……そうすると、六分の一でも五億ぐらいはいただける計算ですね。もしそうなったら、ぼくの小説を自費出版しますよ」

「あんた、言うことがまったくセコいな」

竹西が憐《あわ》れむように言った。

「もうちょっと、事業をやるとか、大きなことを考えられまへんのか？」

「いや、だめですね。事業なんていう才覚はぼくにはまったくないのですから」

「それやったら、私のほうに少し融通してくれへんやろかなあ」

「ああ、いいですよ、お貸ししますよ」

「ちょっと待ちなさいよ」

秋野が腹立たしそうに言った。

「そのお金は、もともと、私ら姉妹がもらうお金じゃないの。亭主どもに勝手に使われてたまるもんですか」

「ははは、それもそうだねえ」

馬場は屈託なく笑ったが、竹西は深刻そうな顔で、夏美の表情を窺《うかが》っている。

「だけど、私はやっぱり、お父さん、春香にいちばん沢山残るようにしてはる、思うわねえ」

夏美は浮かない顔で呟いた。

「そんなことないって！」

春香は悔しそうに言った。

「お父さんは、そんな依怙贔屓《えこひいき》するような人じゃないわよ」

「でもね。長いこと春香に面倒見てもらっているのだもの、情が移ってしもうて、そういう気持ちになるものよ」

「そんな……みんな同じ姉妹じゃないの」

「そりゃ、お母さんが生きてはった時は、何をするにも三人とも同じように言うて、気をつけてはったけど、お父さんは男やから、可愛い末娘が大事なんとちがう？」

「ほんま、お母さんが生きてはった頃はよかったわねえ」

秋野も頷いた。

「そんなこと言うて、お母さんが生きてはったら、また分け前が少のうなるがな」

竹西が露骨なことを口走って、これにはさすがに妻の夏美までもが苦い顔をした。

「もうやめましょうよ、この話」

春香は悲しそうに言った。

「そりゃ、春香は苦労がないからええけど、うちみたいに借金で火の車いうとこは、切実な問題なのよ。ほんま、なんぼもらえるものか、心配でならないわ」

夏美は溜め息をついた。

「それに、春香はあれやろ、遺産が手に入ったら、生涯教育センターの資金に使うつもりやろ。そんなものに使うたら、お金がなんぼあっても足りんようになるわ」

「そうですよ、あれはやめたほうがいいな。あんなものにかかわったりするから、妙な事件に巻き込まれたりするのです」

馬場も夏美の尻馬に乗るように言った。

「あんなものちゅう言い方はないだろう」

それまで黙って、姪やその亭主どもの会話を聞いていた政次郎が、初めて口を挟んだ。

「生涯教育センター自体は立派な仕事だち」

「でも叔父さん」と夏美が言った。

「生涯教育センターを提唱しとった、相羽いうのんが、汚職で警察に調べられてるやないの」

「それはそうじゃが、そんことと生涯教育センターの理想とは別物だち」

「だけど、現に相羽の秘書があのビルで自殺したし、春香はその事件のおかげで、警察にずいぶん調べられたそうやないですか」

「だって、仕方ないわよ」

春香が唇を尖らせて、言った。

「たまたま、事件の現場に行き合わせてしまったのだもの」

「そうじゃ、あの男が死んだのは、生涯教育センターそのものが悪かったためでもないち。ましてや春香のせいでも何でもないがな」

政次郎も言った。

「そういえば、あの事件は、ほんとうに自殺なんですか？」

馬場が訊いた。

「警察はまだ、捜査を継続しているみたいじゃないですか」

「いや、それは違うち。警察の捜査は終えたが、地検の特捜部が、相羽の汚職事件との絡みで、裏付け捜査を継続しとるとこじゃろ。今度の汚職事件のカギを握っとったのが、あの相羽の秘書じゃったのでな」

「なるほど、じゃあ、その男は事件の責任をひっかぶって自殺したというわけですか……」

馬場はしかつめらしく腕組みをして、「しかし、それだと、ますます他殺の可能性もあるなあ……」と呟いた。

「何にしても、高梨の家に刑事や検事が出入りするのは、みっともええことやないわ」

夏美は険しい目で政次郎を睨んで、言った。もともと、生涯教育センターの話を持ち込んだのは政次郎だ――という気持ちがある。

「そんなことより……」と、竹西が言った。

「正直言うて、私には遺産がなんぼくらい戴けるのか、そのことが気掛かりでなりませんわ」

夫のいかにも実感の籠もった口調に、夏美もシュンとなった。

「だったら、占ってもらったらどうですか」

馬場は思いついて、言った。

「由布院神社の巫女《みこ》さんが来ているんでしょう？　あのひと、なかなかよく当たるっていう評判だそうじゃないですか」

「占うって、何を占うの？」

秋野が訊いた。

「だからさ、遺産はどのくらいで、どういう比率で分配されるのかをさ」

「そんなの、いくら巫女さんだって分かるはずないじゃない」

「そりゃ、やってみなきゃ分からないさ」

「そうだな、そりゃいいな、やってもらおうよ」

竹西は大乗り気で言って、立ち上がった。

2

「湯布院」という町名は、本来は「由布院」であった。「由布」の語源は、かつてこの地が「柚富《ゆふ》郷」とよばれた（『豊後《ぶんご》風土記《ふどき》』）ことに由来している。

さらに溯って、「柚富」のいわれを求めると「木綿《ゆう》」につながる。「柚富」は「木綿」を佳字に転じたものである。

木綿とは文字どおり、木の樹皮から作った綿——の意である。昔、由布院盆地周辺にはコウゾ種の木が多く茂っていて、その樹皮をほぐして「木綿」を作っていたらしい。「木綿」は紡いで布に織られたこともあるけれど、ほとんどはその形状のまま、神を祀る御幣として使われた。

古代、神は大きな力を持っていた。神を祀ることは、人間社会を構成する基本であり根本であった。柚富郷の木綿がなければ、神を祀ることもできないことになる。『豊後風土記』には木綿の特産地として、柚富郷の名が出てくる。木綿を産し供給することによって、柚富郷は裕福な里であったにちがいない。その「柚富」がさらに転じて「由布」となった。

ところで、木綿は神を祀る道具であると同時に、占いの道具としても使われた。『万葉集』巻十七の三九七八・大伴家持《おおとものやかもち》の長歌に次のような一節がある。

門に立ち　夕占《ゆふけ》問ひつつ　吾《あ》を待つと　寝《な》すらむ妹《いも》を　逢ひて早見む

この「夕占」は原文では「由布気」となっている。この時代に、すでに「木綿」は「由布」と書く習慣が定着していたことを物語っている。

このことからも分かるように、由布院はその昔、神を祀ることと密接な関係を持っていたし、占いとも深く結びついた土地であったと考えられる。そう考えると「院」という文字が使われているのも得心がゆく。

由布院神社の成立には、そういう歴史や伝承が関わっている。したがって、代々の神主とその一族の中に、占いをよくする者が現れても、それほど不思議ではない。

由布院神社の宮司・大多賀良之《よしゆき》の娘は藤代《ふじしろ》三枝子といい、いったん藤代家に嫁いだが、婚家とのおりあいが悪く、現在は湯布院に戻り、神社の巫女を務めている。

三枝子は三十一歳、色白で、能面のような典型的な瓜実顔《うりざねがお》である。

美人にはちがいないのだが、表情が不安定で、いったいどの顔が本当の彼女の素顔なのか、とまどうほどである。年齢も二十歳ぐらいに見えることもあれば、五十歳を越えて見えることもある。ことに、占いを行なっている時など、何かの霊が憑依《ひょうい》するのか、これが人間の顔か――と疑うような、奇怪な表情を作る。

この日、大多賀親子は病気平癒の祈願のために、高梨家を訪れている。

高梨家は代々、由布院神社の氏子総代を務める家柄だ。龍太郎と大多賀は気心の知れた幼馴染みでもあった。

藤代三枝子も、いまは神社の巫女として、少し離れた存在になってはいるけれど、高梨家の人間にとっては、三枝子は子供の頃からの知り合いだし、年齢の近い秋野などは、小学校から中学校にかけて、一緒に通学した間柄でもある。

だから、わりと遠慮なく口のきける同士だが、さすがに神意を問うような席では、三枝子は一段上の存在のような風格を見せる。

三枝子は竹西の注文を断った。誰がどのくらいの遺産を相続するか——などという下賤なことを占う気にはなれないというわけである。

「それはそうやなあ」と全員が三枝子の言い分が正しいことを認めた。

「すんませんなあ、つまらんこと言うたりしてからに」

夏美は言ったが、亭主のほうはあまり恐縮する様子はない。

「そしたら、何でもええよってに、占ってみてもらえまへんか」

竹西はしつこく言った。

「たとえば、ここに集まった者たちの運勢でもよろしいがな」

「それでは、吉方と凶方について占ってあげましょうか」

三枝子は言った。誰にも異論はなかった。三枝子は祭壇の代わりに、庭の榊《さかき》の枝を十本ばかり手折ってきて、座敷の正面に据えた。それを神の依《よ》り代《しろ》にするつもりだ。人々の好奇の目を背中に受けながら、三枝子は榊に向かってジッと動かなくなった。

三枝子は白い浄衣に朱の袴《はかま》という、巫女姿である。両手の指を組み合わせ、わずかに頭を垂れた恰好のまま、十分ほども経っただろうか。

気がつくと、三枝子の肩が小刻みに揺れるのが分かった。

そのうちに、「うー、うー」という唸《うな》り声が聞こえてきた。地の底かあるいは天空から聞こえるようなかすかな声だったので、はじめは三枝子が発しているとも思えなかったのだが、やがてはっきりと、髪を振り乱し、顔をねじ曲げるようにして呻《うめ》きだした。

高梨家の者は脅えた顔を強張《こわば》らせたが、占いを頼んだ当の竹西は、三枝子が演技でもしていると思っているように、周囲の者たちの真剣な表情を、ニヤニヤと笑いながら眺め回している。

「ヒーッ」という悲鳴とともに、三枝子は上体を畳の上に放り出すようにつっ伏した。人々の背筋を戦慄《せんりつ》が走った。竹西もその瞬間だけは、顔から笑いを消した。

それからさらに十分が経過した。

三枝子があまり長いこと動かないので、馬場が心配して、様子を見ようとしたが、秋野が腕を摑んで制止した。

大丈夫なのか？——と、馬場は目で問いかけた。秋野は頷いてみせた。そういうことには湯布院の人間は慣れっこになっている。

やがて、三枝子はガバッという勢いで起き上がった。元どおりのきちんとした正座になってから、人々に向き直った。顔はいつもの無表情だ。

「うしとらの方角から、忌みびと来たりて、災いをなします」

いきなり言った。それっきり口を閉ざしたところをみると、それがどうやら、ご託宣のすべてらしい。

「うしとらいうたら、どの方角でしたかいな？」

竹西が誰にともなく訊いた。

「どっちかなあ？」

馬場も知らない。小説家を望んでいるわりには、必須常識に欠ける男だ。

春香が自室に行って、辞書を引いてきた。

「うしとらは北東ですって」

「北東か……」

竹西は頭の中に地図を思い浮かべて、苦い顔をした。

「北東いうたら、大阪《おおさか》かて北東にならへんやろか？」

「そうですね、北東の方角ですね」

馬場は面白そうに相槌を打った。

「竹西さんは何か思い当たることがあるんじゃありませんか？」

「あほなこと言わんといてんか」

竹西は真顔で怒った。

「そないに遠くでなく、もっと近いところと違うの？」

夏美はとりなすように言った。

「そうや、別府あたりと違うか」

「いや、別府は北東ちゅうよか、東ちゅうたほうが当たっとるち」

政次郎が言った。

「北東ちゅうと、由布岳のむこう側ちゅうことになるな」

「由布岳のむこう側というと、何があるのですか？」

馬場が訊いた。

「そうじゃなあ、日出町《ひじ》じゃとか、杵築市《きつき》じゃとか……国東半島かな」

「国東半島ですか……それじゃ、この中には該当者はいませんよね」

「そうや、北東いうたら、東京方面かて北東に入るのとちがうか？」

竹西は思いついて、嬉しそうに言った。

「まさか、あんな遠くまでは入らないでしょう」

馬場は神奈川《かながわ》県の大船《おおふな》に住んでいるから、いやな顔をして、

「ご託宣は、『忌みびと来たりて』と未来形みたいな言い方をしているから、これから現れる人間のことを言っているのじゃないでしょうか」

「なるほど、それもそうやな」

竹西も内心ほっとした様子だ。

「そやけど、これから現れるいうて、まだ誰ぞ来ますのかいな？」

政次郎と春香に訊いた。

「いや、来る予定はないが」

政次郎は苦笑した。

「まあ、占いちゅうもんは、当たるも八卦《はっけ》いうくらいち」

「それは違いますよ」

藤代三枝子がはげしい口調で言った。

「八卦見と一緒にしないでください」

「そうよ、叔父さん、そういうこと言ったら、失礼でしょう」

春香も珍しく気色ばんだ。

「分かった分かった、まあそうムキにならんでもよかろ」

政次郎は辟易したように頭を下げた。

「それじゃ、これからまだ、誰が来るということですか。どういう悪党が現れるのか、楽しみですなあ」

馬場はどこまでも野次馬気分である。

広間に宇田川信之《うだがわのぶゆき》が顔を覗かせた。宇田川は政次郎と同じ六十八歳、かれこれ半世紀以上ものあいだ高梨家に勤めている執事だ。

「だんな様がみなさんにお越しいただきたいと、仰せです」

言うことが古めかしいので、馬場のような軽薄な人間は、思わず吹き出しそうになる。

「宇田川、兄貴はどうなんだ、具合は？」

政次郎は真先に立って、宇田川に近づくと、小声で訊いた。

「はい、今夜はことのほかご気分がおよろしいようで」

「そうか」

政次郎と宇田川は育った時代が同じだし、若い頃は政次郎が面白がって、堅物の宇田川をよからぬ遊び場に連れ歩いたことのある仲だから、かなり気心も知れている。

宇田川の先導で、全員がゾロゾロと龍太郎の部屋へ向かった。廊下を二度曲がり、大きな二枚襖《ぶすま》のむこうが龍太郎の病床がある部屋だ。

「お見えになりました」と声をかけておいて、宇田川は襖を開き、「どうぞ」と体を脇に寄せた。

病室の臭いが漂っていた。中央に夜具をのべてある。夜具の下には特別な装置が施してあり、龍太郎はやや身を起こしたかたちに横たわって、こっちを見ている。

枕元を少し離れて、医者と看護婦が控えていた。

「やあ、元気そうじゃないか」

政次郎は気軽に声をかけて、真先に部屋に入り、そこが定位置のようになっている、龍太郎の右脇に座を占めた。

「元気なものか」

龍太郎はニコリともせずに言った。それでも、全員がそれぞれの場所に坐ると、

「遠いところ、御苦労さん」とねぎらいの言葉をかけた。

「いかがですか、お体の調子は」

竹西が子供たちの代表格で、身を乗り出して訊いた。

「変わりはない、予定どおりじゃよ」

龍太郎はかすかに笑って、「夏は越せんじゃろ」と言った。

「そんな……」

竹西は何か言おうとして、適当な語彙《ごい》が見当たらずに、黙ったまま身を引いた。

「大方察しはついちょると思うが、みんなに集まってもらったのは、わしの遺産のことについて、決めておきたいがためじゃ」

龍太郎は、町議会議長を務めていた当時のように、演説口調で言った。

「遺産だなんて、そんな気の弱いことはおっしゃらないでください」

馬場はきれいごとを言っている。

「ふん、まあいいから聞きなさい」

龍太郎は皮肉な笑顔を馬場に向けて、言った。

「わしの遺産は、動産不動産合わせて、およそ三十億ぐらいにはなるそうだ。詳しいことは宇田川が把握しちょるが、そのうち二十億は現金または有価証券と思ってよかろう。あとはここの土地と、別府、博多、そのほかの土地の評価額の合計じゃ。実質的にはもうちょっとあるかもしれん」

龍太郎は一気に喋って、「ふーっ」と息をついた。

「ゆっくり話されたほうがよろしい」

医者が忠告した。龍太郎は「うんうん」と、素直に頷いた。

「政次郎、例の生涯教育センターのほうは、まだやっちょるのか？」

顔を右に向けて、訊いた。

「ああ、まだ続けちょる」

「あの相羽ちゅう男、イカサマち聞いたが」

「うん、あれはいけんかつた。しかし、センターの計画そのものはええ話ち思うな」

「なんぼかかるんじゃ？」

「そら、運営資金ということであれば、かなりの額になるが、基金としては三億もあればよかろううち」

「三億か……騙されるにしては、ちいとばかし巨額よな」

「騙されるなんて、そんなことないわ」

春香が横から口を挟んだ。

「生涯教育センターは立派なビジネスよ。もし実現すればお父さんの名前だって残るし」

「わしの名前なんぞ、残らんでもよか。だが、春香は一途よなあ。政次郎の口車や、あの尾川の小倅《こせがれ》にうまいこと乗せられちょるのとちがうか」

「ひどい言い方をするなあ」

政次郎は笑った。兄のそういう傲慢《ごうまん》さには慣れている。

「笑いごとじゃないち。政次郎が相羽を担《かつ》いどったちゅうのは、事実じゃろうが。政治献金もかなりしとったちゅう話ば聞いたち」

「それは、確かにそういうこともあったが、いまは切れたち。相羽は選挙を諦めて、どこぞの会社の重役になるちゅう噂じゃ」

「どうか分からんち。政治家は信用ならん。ついでじゃからみんなに言うとくが、政治に関わったらいけんぞ。やつら、なんぼでもカネを吸い上げよる。生涯教育センターなんちゅうもんは、カネ集めの看板みたいなもんじゃ」

「違うわ」と春香はたまらずに言った。

「それは、前はそうだったかもしれないけど、いまは違うわ。ねえ叔父さん、違うわよねえ」

「ああ、いまは違うな」

「どうか分かったもんではないち」

龍太郎は言って、苦しそうに目を閉じた。

3

この日も由布院盆地には朝霧が湧いた。霧は周囲から眺める分には美しいが、中にいる者にとっては、それこそ五里霧中そのものでしかない。

しかし、頭上の霧がサーッと晴れて、夢幻の世界のヴェールを開くように、由布岳の奇怪な姿が現れるさまは、やはり胸のときめく眺めである。

珠の湯旅館から高梨家までは、金鱗湖《きんりん》の脇の道を通って、徒歩で十五分そこそこの距離であった。少し登り坂だが、散歩にはちょうどいい。

十時に珠の湯旅館を出た。真っ直ぐ由布岳に向かってゆくような道だ。山頂の岩が手にとるように見える。

「ほんとにきれいなところね」

麻子は数歩進むごとにあたりを見回す。柿の木のむこうに藁屋根が覗いている景色など、まるで墨絵のようだ。

「こんなのは、昔はどこの田舎に行っても、当たり前の風景だったよ」

和泉は半ば貶《けな》すような口振りで言った。

「そうよねえ、東京の郊外だって、武蔵野《むさしの》っていうくらい田舎でしたものねえ。ひょっとすると、日本中から田舎が無くなっちゃったんじゃないかしら」

「そうだな、いまは田舎という言葉そのものが禁句みたいなことになった。だから、湯布院みたいなところが残っていると、懐かしがって、人がドッと押し寄せる」

「ほんと……田舎も無くなったし、ほかにもいろいろな何かが無くなったのよ、この国からは」

麻子は雄一の肩に手を置いて歩いた。

「この子がわたくしたちぐらいの歳になる頃、湯布院はどうなっているかしら」

「そうだな、ああいうビルが建つようじゃ、この風景もいつまで残るか心許《こころもと》ないね」

和泉は盆地の南側の山裾に建つ、白いビルを指差した。

「あれは何なのかしら？　ホテル？」

雄一はまったく会話に加わらなかったが、和泉夫妻も高梨家が近づくにつれて、無口になってしまった。

珠の湯旅館の女将に聞いてはいたが、高梨家の宏壮《こうそう》なたたずまいには圧倒された。傾斜地ということもあるのだろうが、道路から石垣の聳《そび》えるさまは、さながら城館を想像させる。

「なんだか憂鬱になってきたよ、えらい役目を引き受けたらしい」

和泉は冗談めかして言ったが、それは本心であった。事情を詳しく知ったわけではないが、女将の話を聞いた印象では、この「使者」の役割には、どうやら遺産相続問題がからんでいそうだ。

石垣に挟まれた石段を上がり、まるで長屋門のような、屋根つきの大きな門を潜る。

前庭には大小さまざまな植え込みがある。大きな鬼瓦をいただいた屋根に、春の陽光が光っていた。

玄関の格子戸は広々と開け放たれ、中の式台の奥には、立派な衝立《ついたて》の絵の虎がこっちを睨んでいる。「頼もう」と言えば、「どーれ」とでも応じそうな雰囲気だ。

「ごめんください」

和泉はなるべく大きな声で言ったつもりだが、壁の中に声が吸い込まれでもしたように、応答はない。

もう一度、さらに声を張り上げると、どこか遠くのほうで、「はーい」と答える女性の声が聞こえた。

少し間があって、お手伝いらしい若い女性が現れた。「どちらさまでしょう？」と言う言葉に、すこし訛《なまり》がある。

「東京から来た和泉という者です。ご主人にお目にかかりたいのですが」

彼女は「しばらくお待ちください」と引っ込んで、今度は中年の女性が出てきた。

「あの、父は病気で臥せっておりますのですが、ご用件はどのようなことでございましょうか？」

「失礼ですが、こちらの若奥さんでしょうか？」

「いいえ、娘の夏美と申します。大阪に嫁いでおります者ですが、父がそういうことですので、戻っております」

「あ、そうでしたか。それはお取り込み中、恐縮ですが、じつはですね、この子を東京から預かってきたのです」

和泉は雄一の頭に手を載せて、言った。

「は？　……そのお子を、ですか？」

夏美は目を丸くして、顎を突き出すようにして問い返した。

「そうです、雄一君といいますが、東京のある人から、この子を高梨家にお届けするように依頼されたのです」

「あの、そのお方は何とおっしゃるお方でしょうか？」

「それは……」

和泉は困った。

「それは、じつは分かりません」

「は？……」

「いや、知らないのです。この子の、たぶん親御さんだと思うのですが、どこの誰なのかが、です」

夏美は呆れたように、三人の客の顔を交互に眺めた。

その時、雄一が、後生大事に持ち歩いているナップザックの中から、封書を出して、和泉に渡した。封書に〔3〕と書いてある。

「なんだ、また何かあるのかい？」

和泉は封書を開けて、中の書類を出した。それをひと目見たとたん、和泉は「あ……」と、思わず声を洩らした。書類は戸籍謄本であった。

それによると、雄一は本籍地・東京都中央区《ちゅうおう》○○町○丁目○番地、現住所・東京都文京区《ぶんきょう》○○町○丁目○番地、○○みち子の長男であることが分かる。ただし、「○」とした部分は黒のマジックで消してあった。

問題は雄一の父親だ。身分事項の欄に、高梨弘一が認知した旨の記載があったのである。

「これは……」

和泉は戸惑った。ある程度は予測していたが、こういう形で核心部分が提示されるとは考えていなかっただけに、当惑した。

「きみのお父さんは高梨弘一さんなのか」

和泉は苦笑しながら、雄一の頭を撫でた。雄一は「うん」と答え、誇らしげに和泉を見上げた。

和泉は書類を夏美に差し出して、「こういうことなのですがね」と言った。

夏美は躊躇《ためら》いながら書類を手にして、たちまち顔色を変えた。

「ちょっと、待ってください」

ころげるような足取りで奥へ行った。かすかに人々の動揺し騒ぐ声が聞こえてきた。

「驚いたわねえ」

麻子も小声で言った。

「どうなるのかしら？」

「さあなあ、出たとこ勝負だろう。こうなったら、逃げるわけにもいかない」

落ち着いているのは、むしろ雄一だ。式台に腰をかけて、足をブラブラさせている。

荒い足音がしだいに近づいて、今度は老人が現れた。

「ここの主の弟で、高梨政次郎という者ですが、ええと、和泉さんといわれましたか？」

「そうです、和泉と申します」

「御名刺を頂戴できますか？」

「はあ、目下失業中で、大学に勤めておった時のものしかありませんが」

和泉は名刺を出した。大学在職中の名刺で、肩書の部分を墨で消してある。

「はあ、名刺も、ですか」

政次郎は皮肉な笑みを浮かべて、雄一をジロリと睨んだ。

「そうしますと、そのお子が弘一の息子というわけですな」

「そのようですね。私もいま知ったばかりですが」

「ほう、ご存じなかったとですか」

「ええ、知りませんでした。何しろ、列車の中で委託されたのですから」

「はあ？　列車の中で？」

政次郎は呆れて、疑わしい目になった。

「詳しいお話はあとでしますが、とにかくそういうことなのです」

「うーん……」

政次郎は唸った。政次郎ばかりではない。昨日から集まっている一族の連中にとって、まさに青天の霹靂《へきれき》だ。玄関に続く廊下まで詰め掛けて、聞き耳を立てている。

「ここでは何だからして、とにかく上がってもらいましょうか」

政次郎は仕方なく、そう言った。

三人が式台に上がる気配を察知して、廊下の連中がドドッと、足音を乱しながら立ち去るのが分かった。

三人の客は隣の応接室に入れられた。政次郎は引っ込んで、代わりに先程のお手伝いがお茶を運んできた。和泉が何か話しかけようとすると、脅えたような目をして、逃げて行ってしまった。

それからさらに三十分ばかりの時間が流れた。お茶を一度出したきり、誰も現れない。おそらく、奥のどこかで、鳩首《きゅうしゅ》会議をしているのだろう。その動揺ぶりが分かるだけに、和泉も怒る気になれない。

やがて、政次郎と二人の男が応接室に入ってきた。二人はそれぞれ「竹西」「馬場」と名乗った。政次郎の口から、高梨家の長女と次女の夫だと紹介された。

「突然のことでありましてなあ、ともかく驚きました。で、正直なことを申し上げるが、真偽のほどもさだかでないわけで、つまり、この書類がですな、どれほどの信憑《しんぴょう》性《せい》があるものやら、判断いたしかねておるような状態であります」

「分かりますよ」

和泉も頷いた。

「私だって驚いているのですからね」

「いったいどういうことであるのか、その間の事情をご説明願えますかな」

政次郎は慇懃《いんぎん》な話しぶりだが、ことと次第によっては、ただではすまない――という気持ちがほの見えている。

「いいでしょう、お話ししますよ」

和泉は腰を据えて、話しだした。

といっても、奇妙な話であることには変わりがない。新幹線の中で、突然、「迷子」の呼び出しを受けたこと――。行ってみると見たことのない男の子がいて、その父親に擬せられてしまったこと――。

雄一を連れて、湯布院町へ向かう羽目になった経緯《いきさつ》は、こんなこともまったくの作り話として持ち出したら、むしろばかげていて、信用されないだろうと思われるほど、ケッタイな出来事であった。

和泉が手短に話し終えると、顔を揃えた三人が三人とも、「うーん……」と唸り声を発した。

「どうしたもんでしょうかなあ……」

政次郎は腕を組んで、考え込んだ。ほかの二人はさらに複雑な想いがしているにちがいない。

「問題は、私にこの子を託した母親の意図がどこにあるのか――ということでしょう」

和泉はしびれを切らせて、言った。

「そうそう、そうですよ。いったい何を考えて、いまごろ名乗りを上げたのか、その真意を知りたいものですなあ」

馬場が早口で言った。

「そら、もちろん、遺産目当てということでしょうが？」

竹西がすかさず言った。

「どうなのです？」

政次郎が和泉に向けて、訊いた。

「私には分かりません。しかし、目的がどうであろうと、かりにこちらの一族と認定されれば、当然の権利として、相続者の一人であることになるでしょう」

「ほら、やっぱりそうですよ、遺産が目当てなんですよ」

馬場はやかましい。

「それで、おたくさんはこの子の後見人というわけですかな？」

政次郎が訊いた。

「いや、そういうわけではありませんよ。さっきから言っているように、私はとんだとばっちりみたいに、この子を託されたにすぎないのですから」

和泉にしてみれば、そんな色眼鏡で見られるのは心外だ。冗談じゃない——という気にもなる。

「とにかく、こうして高梨さんのところにお届けした以上、私の役目はこれで終わりました。あとのことはよろしくお願いします」

和泉は麻子を「さあ」と促《うなが》して、立ち上がった。

「ちょ、ちょっと待ってくださらんか」

政次郎は慌てて和泉を制した。

「そう簡単に帰られては、当方としても困ります。どういう事情なのか、調べて、それなりに対応するまで、ひとつお待ちいただかないとですな」

「そうもしていられません。われわれ夫婦は九州の観光旅行に参ったのです。湯布院もいいにはちがいないが、いつまでもいるわけにはいかないのです」

「そんな冷たい……この子だって、おたくさんに放り出されたら、可哀相ではありませんかな」

「それはそうですが……」

和泉は反射的に雄一を見た。なるべく無視して行ってしまおうと思っていたのだが、雄一の縋《すが》りつくような目に出くわすと、もういけなかった。

「それじゃ、どうすればいいのですか？」

「まあ、ことの次第がはっきりするまで、当家にご滞在願えませんですかなあ」

和泉は「ふーっ」と溜め息をついて、ソファーに腰を下ろした。

4

龍太郎はふと目覚めた。この家の中で何かが起こりつつあるような、空気の震動とでもいう気配を感じた。

命脈の尽きる日を指折り数えるようになって、龍太郎の神経は極度に尖鋭になってきたような気がする。

龍太郎は枕元に置いたインド製の鈴を取って、振り鳴らした。

「お呼びでございましょうか？」

すぐに宇田川が顔を出した。

「うん、何かあったのか、やけに騒がしいが」

宇田川は耳をすませた。遠い居間から洩れる声が、確かに届いてくる。

「じつは、お客様がございまして」

「客？　誰だ？」

「それが、どうもはっきりいたしませんようで」

「はっきりしないとはどういう意味だ」

「はあ……」

龍太郎は眉をひそめて、宇田川を睨んだ。

「何を隠しとる？」

「は、申し訳ございません。これはわたくしなどが申し上げるべきことではないと存じまして」

「くだらん遠慮をするな、言うてみい」

「はあ……」

宇田川はさらに逡巡してから、仕方なく言った。

「東京からのお客様でありまして、和泉様とおっしゃるご夫妻が、五、六歳の男のお子さんをお連れです」

「和泉？　わしの知らん男か？」

「は……」

「はい、はじめてのお客様で」

「それで？」

「問題はそのお子なのでありますが……」

「どうした？」

「じつは、なんと申しましょうか、そのお子は弘一様のお子だということであります」

「なにっ？　……」

龍太郎は半身を起こしかけた。

「あ、お静かに」

宇田川が慌てて龍太郎の肩を押さえた。

「弘一の子ォじゃと？　それはほんとうの話か？」

「はい、なんでも、戸籍謄本の中に、弘一様が認知されたという証拠が記載されてあるそうで」

宇田川が事の次第を説明しているあいだ、龍太郎は黙りこくっていた。気難しい顔がいっそうしかめられて、皺《しわ》を深く刻んでいる。

「申し訳ございません。妙なことをお耳に入れてしまいました」

宇田川は恐縮して、頭を下げながら退去しかかった。

「待て」

龍太郎は物憂い声をかけた。

「どんな子だ？」

「は？」

「その男の子じゃよ。どういう子ォじゃと訊いとる、不細工なガキか？」

「いえ、とんでもございません。わたくしは垣間見た程度でございますが、なかなかしっかりしたお子で、見るからに利発そうでございました。それに……」

「ん？　なんだ？」

「はあ……その、お子様時代の弘一様に瓜ふたつでありまして、わたくしなどは、まるでその、生まれ代わりを見るような思いがしたようなわけで……」

宇田川はぼんやりと空間を見つめた。

「ふーん……」

龍太郎は目を閉じた。それっきり、また沈黙した。

宇田川は気づかれないように、そっと座を下がって、部屋を出かかった。

「連れて来い」

龍太郎がポツリと言った。

「は？」

「その子と、そのなんとかいう客をじゃ。ここに連れて来いと言うちょる」

「はい、しかし、その件につきましては、ただいま政次郎様ほか、皆様がご検討の最中でございまして……」

「検討? 何を検討しちょる?」

「つまりその、そのお子を弘一様のご子息として認めるべきか否かということにつきまして」

「あほらしい、そんなもんは自然、分かるち。いいから連れて来い」

龍太郎はじれったそうに怒鳴った。宇田川は「かしこまりました」と平伏して、部屋の外に出た。

宇田川が龍太郎の意向を伝えると、まず夏美が頭ごなしに文句を言った。

「宇田川さん、どうしてお父さんになんか言うてしもうたの? 黙っとればええのに」

「はあ、申し訳ありません。しかし、だんな様がお訊きになるのに、嘘は申せませんのでして」

「そりゃそうや、宇田川さんとしては仕方ないやろ。そないなことを言うたりなや」

竹西が妻を窘《たしな》めた。

「とにかく、叔父さんにそのことを言ってきたら」

春香は宇田川に言った。政次郎はまだ応接室にいて、和泉たちの相手をしている。

宇田川は応接室のドアの外に政次郎を呼び出して、龍太郎の要望を伝えた。

「そうか、会う言うちょったか」

政次郎はしばらく考えてから、部屋の中に戻った。

「主が会いたいそうです。どうぞ奥へ行ってやってください」

自ら先頭に立って、廊下を歩いて行った。

途中、居間の前を通過する。中では声高に喋っていたのが、和泉たちの足音を聞いたとたん、静かになった。

廊下を通るこっちの気配をうかがっている様子が、ひしひしと伝わってくる。彼らが耳を向けているばかりでなく、憎悪や疑惑を向けていることを、和泉は感じ取った。

龍太郎は、古参のお手伝い・大木《おおき》桂子《けいこ》に手伝わせて、夜具を三十度ほど傾け、入り口の襖を真っ直ぐ見据える恰好で、「客」がやって来るのを待ち受けていた。

和泉は政次郎が開いた襖を、やや前屈みになりながら入った。正面にいる老人の顔が、いやでも目に飛び込んでくる。

部屋に入ったところで膝をついて、「お邪魔します」と挨拶した。

「どうぞ、こっちのほうに来られるがいい」

老人は言った。桂子が座蒲団を用意している。

和泉と麻子は、真ん中に雄一を挟んで、老人の近くに坐った。

「東京から来られたそうじゃな?」

龍太郎は言った。

「和泉といいます。あれは家内の麻子。この子は雄一君。あなたのお孫さんにあたるそうです」

龍太郎は鷹のような目で、じっと雄一を見つめていた。子供の目には恐ろしげに映るはずだが、雄一は視線を逸《そ》らさない。かえって老人が先にスッと視線を外した。

驚きの色が老人の目に浮かぶのを、和泉は確かに見たと思った。

老人の向こう側にいる五十代後半かと思えるお手伝いの目も、遠慮がちに雄一を見つめ、驚きと涙さえ浮かべていた。

「それで、何が望みですかな?」

龍太郎は和泉に訊いた。

「望み? ……」

和泉はムッとした声を出した。

「それは私に訊いておられるのですか?」

「そうじゃ、あんたに訊いております」

「私に望みなどありませんよ。この子をお宅にお連れしただけです。あとはどうなろうと、私の関知するところではない」

「うん……」

龍太郎はわずかに頷いた。

「いや、失礼なことを言うたようじゃ。それでは、この子をどうすればお気に召すのか、それをお訊きしよう」

「同じことです。私に関わりはありません。ただ、あの戸籍謄本が偽りのものでないかぎり、雄一君はあなたのお孫さんであることになります。私は法律を学んでいる者ですが、法律家の端くれとしては、雄一君が正当な処遇を受けるよう、希望するのみです」

「なるほど……」

龍太郎は何度もコックリと頷いて見せた。

「ところで和泉さん、あんた、この子を、知らん人から委託されたちゅうことでありましたな？」

「そのとおりです」

「その相手が誰か、まっことご存じないとですか？」

「知りません」

「しかし、不思議なことがあるち、思わんかったとですか？」

「そりゃ思いますよ。しかし、まったく心当たりがないのです」

「それで、よう連れてみえたですな」

「そうですね、考えてみると、確かに物好きに思われるかもしれません。しかし、そういう成り行きでした。私が連れてこなくても、家内がそうしたでしょう」

「さようか、それはご奇特なことで」

褒めたのか皮肉なのか、老人は無表情で言って、雄一を見た。

「おまえ、歳はなんぼじゃ？」

「五歳です」

雄一ははっきりした声で答えた。黒目がちの大きな目は、老人を見返している。

龍太郎は苦笑して、また視線を外した。濁りのない瞳の子供が相手では、どう扱っていいものか当惑する。

「もうよか、つれて行きんしゃい」

和泉に対してか宇田川に対してか、はっきり分からない言い方をして、目を閉じた。疲労感がどす黒い皮膚に滲み出ていた。

客と宇田川が立ち去ると、龍太郎はお手伝いの大木桂子を傍に呼んで訊いた。

「おまえ、見たか」

「はい」

「よう似とったの」

「はい、よう似ておられました。坊ちゃまの幼い頃とそっくりでした」

「ふん、似た子を見つけて来よったのかもしれん」

「まさか……」

「いや、信用でけんち。子供は悪うはないじゃろが、おとなどもは信用でけん」

「でも、戸籍謄本が……」

「そんなもの、なんぼでも偽造でけるのとちがうか？　とにかく困ったことじゃな……むこうの連中は、慌てよるじゃろな」

「さあ……」

桂子は答えようがない。

「まあ、贋者でもなんでも、今夜は泊まってもらうよう、政次郎に言うてやれ。まあ、どんな狸であろう、ひと晩泊まれば、化けの皮は剝がれるかもしれんち」

「はい」

桂子は嬉しそうにお辞儀をして、部屋を出た。

5

和泉夫妻と雄一はいったん珠の湯に戻り、荷物を持って高梨家に入った。

そこから先は大木桂子がこまごまとした面倒を見て、十六畳もある客間に案内してくれた。

昼食は顔合わせを兼ねて——ということで、少し時刻が過ぎていたにもかかわらず、一族全員が待っていてくれた。

「地鶏の料理で、お気に召すかどうか」

政次郎が言って、「さあ、どうぞ」と勧めたのを合図に、食事が始まった。

大分県の一村一品運動に合わせて、湯布院町では地鶏を飼育、出荷もするが、地元で料理に出すのを観光の目玉の一つにしている。高梨家は広大な土地を利用して、地鶏の生産に励んでいる——というようなことを、政次郎は話した。

なかなか打ち解ける気分にはなれないのか、政次郎以外の者は、あまり話しかけようとはしなかった。

雄一の存在も、座の空気を重くしている。高梨家は子供のいない暮らしがずいぶん長く続いている。竹西のところも馬場のところも、家に帰ればそれぞれ、雄一と歳恰好の似た子供はいるのだが、遺産相続の競争相手になるかもしれないと思うと、お愛想など言っていられるものではないのだろう。

午後からは、春香が車で湯布院の中を案内してくれることになった。春香は一族の中ではもっとも雄一に好意的なように見えた。

湯布院を案内するといっても、湯布院には目をみはるような名所旧蹟は何もないといっていい。本来、何もないのが湯布院の価値なのだ。

そういう点では岩手《いわて》県の遠野《とおの》に似ていると和泉は思った。遠野も盆地である。古い曲がり家が珍しいほかには、耳目を欹《そばだ》てるような名所旧蹟に乏しい。

由布院盆地では、金鱗湖だけは特筆していいかもしれない。小さな湖だが、温泉が湧き流れ出て、由布院盆地の朝霧の多くがここから生まれている。

歌人の与謝野寛《よさのひろし》・晶子《あきこ》もこの地を訪れ、いくつかの歌を残した。

　山かげの池青くして片岸に白きうら葉をかえす銀柳　　寛

かすかに揺れる湖面を眺めていると、自ずから静謐《せいひつ》の気配に浸ることができる。

ここに立って見回すと、灌木の梢の上に連なる周辺の山々がじつに優しい。吹く風にはまだ冬の名残が感じられるけれど、これで四月五月と春の盛りを迎える頃には、のどかさを満喫できることだろう。

「それにしても、あの建物は無粋ですねえ」

和泉は山の斜面に建つ白いビルを指差して言った。

「あれは何なのですか？　ホテルですか？」

「いえ、いまは何にも使っていないのです」

春香は残念そうに答えた。

「事業計画を樹てた大本のほうが倒産してしまって、それっきり放置されているのです」

「ふーん、そうなの……もったいないことをしますねえ」

和泉はチラッと、前文部事務次官・相羽勝司の生涯教育センター構想のことを想起した。相羽の挫折と、あの建物が放置された時期とは、ひょっとすると一致しているのではないか――。

「確か、湯布院町では最近、殺人事件があったのじゃありませんか？」

前に高柳から聞いたことを言った。とたんに、春香の表情が硬くなった。

「いえ、殺されたのではなく、自殺だそうです。あの建物の中で死んでいたのですけど」

「ほう、あそこで、ですか」

和泉はあらためて白い建物を眺めた。

「ちょっと行ってみませんか」

和泉は勢い込んで、言った。

「はあ……」

春香は当惑げに眉根を寄せた。

「およしなさいよ、ご迷惑よ」

麻子は和泉の袖を引っ張った。

「いえ、いいのです、行きます」

春香はきっぱり言って、すぐに車に向かって歩きだした。気の強そうな娘だ——

と、和泉は彼女の颯爽《さっそう》とした歩きっぷりを後ろから眺めながら、微笑が浮かんだ。

雄一は春香の後を慕うように、スキップして行った。おとなしくはしているものの、雄一には湯布院の風景は少し退屈すぎるのかもしれない。車に乗れることで、急に元気づいたようだ。

四人が車に乗ったところに、少し先で車から下りた青年が駆け寄った。

「お宅へ行ったら、こっちじゃないかちゅうことじゃったもんで」

青年は運転席の春香を覗き込むようにして言った。

「ああ、ちょうどよかったわ。尾川さん、案内して」

「案内ちゅうて、どこをね？」

「あのビルよ」

「あのビル？　なんでまた？」

「こちらのお客さんが見たい言われるの」

「そうなのか、そら、案内ぐらいしてもええちが……」

青年は後部シートの三人に向けて、ペコリと頭を下げ、「尾川です、尾っぽの川と書きます」と挨拶した。

尾川は自分の車を放っておいて、助手席に乗り込んできた。

「この人、あのビルを活用して、生涯教育センターを復活させようとしているのです」

春香が言った。

「ぼくだけと違うち。あの、この春香さんも、それに賛成してくれちょるのです」

「そうですか、それは立派ですねえ」

和泉は一応、お世辞を言ったが、実情がどういうものなのか分からないから、あまり誠意の籠もった言葉にはならない。

「あの建物の中で自殺事件があったそうですね」

「そうです、しかし他殺かもしれんちゅう話で、警察はまだどちらとも結論を出してないということです」

　尾川は春香とは食い違うことを言っている。

「あら、刑事さんに聞いたら、自殺だったとか言うてたわよ」

　春香は慌てて言った。

「いや、そうとは決まってないみたいだち。証拠湮滅《いんめつ》のために殺された可能性もあるのとちがうか？」

「だけど……」

　春香は当惑している。それを救うように、和泉は言った。

「死んだのは誰ですか？」

「福岡の人で、あのビルの建設に関係しとった人物です」

「相羽文部次官の秘書ではありませんか？」

「え？　ああ、ご存じでしたか。そうなのです。じつはですね、その人が死んでいるのを最初に発見したのは、ぼくと春香さんでして」

「ほうっ……」

　和泉は驚いた。

「そうだったのですか……なるほど、それで刑事と付き合いがあるわけですね」

「付き合いだなんて……」

春香は不満そうだ。

「ははは、そりゃまあ、あまり付き合いたい相手ではないでしょうな。しかし、警察は第一発見者に対しては、きわめて強い関心を示しますからね。何度でも事情聴取にやってきますよ。そうじゃありませんか？」

「ええ、何回も来ました」

春香は憂鬱そうに言った。

車はほんのひとっ走りで問題の建物の前に着いた。

「きれいな建物なのに」と麻子が真先に感想を述べた。

「ほんとだねえ、ぜんぜん汚れてないし、まったくもったいない話だなあ」

しかし、車を下りて近づくと、小さな傷みが見えてきた。壁のひび割れが目立つし、あちこちのガラスが割られている。

「あれじゃ、室内の傷みもはげしいのじゃないですかね」

和泉は尾川に訊いた。

「ええ、畳なんかは使い物にならないと思います。しかし、建物そのものは建ててまだ三年ですので、少し手入れをすれば立派な施設として使用可能なのです」

門から先は厳重な鉄条網が張ってあって、入れない。

「以前は結構入りこめたのですけれど、その事件があって、建物には近寄れなくなってしまったのです」

尾川は残念そうに言った。

「この建物をどう使うつもりだったのでしょうか？」

「老人福祉のために使うという話でした。脳出血などのリハビリなんかの設備も入れるつもりだったのでしょう。しかし、主な目的は、老人の保養と、生涯教育の場として利用するはずだったみたいです。ぼくたちは、そのあとのほう……つまり、保養と教育を中心に、ますます長くなる老後を、いかにエンジョイしながら過ごすか——ということに役立てたいと考えています。医療は医療施設に任せて、温泉の町湯布院は、あくまでもアメニティー……快適さを求めるオアシスにするべきだと思うのです」

尾川は鉄条網をバックに立って、熱っぽく話した。春香はそういう尾川を、少しはずかしそうに見つめている。

「立派ですねえ」

和泉は今度は心底から感嘆の声を発した。

「それだけ堂々とした理念を背景にしていれば、すでに建物はあるのだし、すぐにでも実現しそうじゃありませんか」

「はあ、そう思うのですが、なかなか実現にいたりません」

「いろいろな問題があります。たとえば、国は医療には金を出すけど、保養だとか教育だとかには、あまり熱心に金を出す気にはならないらしいのです。医療への投資は医薬品業界を潤しますが、保養や教育は金にならないという考えでしょう。その点、相羽先生なんかは、生涯教育に熱心だと思って、期待していたのですが、ああいうことになってしまって……結局は選挙の時の票が目的だったのかと思って……悲しいです」

「なぜですか？」

「なるほど、若い人たちも苦労しているのですねえ。国が金を出さない以上、民間の資金でやらなきゃいけないということですか。そうすると、高梨家あたりが動いてくれるといいですねえ」

和泉はいくぶん皮肉の籠もった視線を春香に走らせた。

第四章　最初の犠牲者

1

春香を除く一族の者たちは、憂鬱な顔を揃えていた。

「春香は呑気やなあ」

夏美が、面白くもない――と言いたそうな声を出した。

「どこへ行ったんですか？」

馬場が訊いた。

「あの、和泉さんたち三人を、どこぞへ案内して行ったみたいよ。春香はお父さんに可愛がられてるし、自信があるのやろなあ」

「しかし、雄一君が現れたとなると、様相は変わってくるんじゃありませんか」

「そうよ」と秋野が言った。

「お父さんは、兄さんのこと嫌っていたもの、あんな子がいたと知っても、あまり嬉しくないと思うわ」

秋野はそういう意見だ。

「そら違うと思うわ」と夏美は反対した。

「お父さん、ほんまは弘一のこと、きょうだいの中ではいちばん期待しとったはずやわ。そら、ああいうふうに喧嘩別れみたいなことになってしもうたけど、なんて言うたかて、一人息子やものなあ。お父さんとしては、折を見て許すつもりでおったと思うわね。弘一が死んで、それがでけんようになってしもうて、きっと後悔してはったわよ」

「そうやなあ」

竹西が同調した。

「そらきっと、夏美の言うとおりや思うな。お父さんは弘一さんにしてあげられへんかったことを、弘一さんの息子にしてあげたい思う気持ちになっとるんとちがうかな」

「そうでしょうね、お父さんとしては、孫が可愛いでしょうからね」

馬場も同意見だ。しかし秋野は亭主に逆らった。

「そう言うけど、姉さんのところだってうちにだって、可愛い孫がいるじゃないの」

「そやけど、そら違うわ。なんというたかて、あの子は一人息子の弘一の子ォやもんなあ。本来なら内孫やし」

「そうか、内孫ちゅうことになるわねえ」

秋野は憂鬱そうに言った。

「もしお父さんがあの子に有利な遺言を書きはったら、ええと……全財産の半分があの子にゆくやろ。そして残りの半分の四分の一が私らのところにくるいうことか……つまり八分の一になってしまうわけやね。あなた、どないするつもり？」

夏美は夫の肩を叩いた。

「それ以前に、あの子がほんまに弘一さんの息子かどうか、それがはっきりしてへんのと違うかいな」

竹西は妻を慰めるように言った。

「叔父さん、どないですの？　まだ調べられまへんの？」

夏美に訊かれても、政次郎には答えようがない。

「戸籍謄本があれでは、あの子の母親がどこにいよるのか、さっぱり分からんち。所在が分かれば、訪ねて行って、場合によっては示談ちゅうことも考えられるが、相手の居場所が分からんではなあ……」

政次郎は慨嘆した。

「なるほどねえ、それを避けるために本籍も現住所も墨で塗りつぶしたというわけか。なかなか頭のいい人物ですねえ」

馬場は感心している。

「馬場さん、あんた東京の人やし、いつも推理小説を書いてはるのやから、何か方法を考えて、相手の素姓を突き止めてもらえんかなあ」

と竹西が言った。

「無理ですよ、いくら名探偵だって、あれではね。そりゃ、文京区の住人を全部洗い出せばいいけど、そんなことは物理的に無理ですからね」

「ひとつ方法はある」

政次郎は重々しく言った。全員の目が叔父に集まった。

「和泉氏を口説いて、あの子の身元を教えてもらうことだ」

「それはだめですよ」と馬場が言った。

「和泉氏自身、あの子の母親がどこの誰なのか、まったく知らないのだそうですからね」

「そんなもん、嘘に決まっちょる。まあ、なにがしかの金を積んで問いつめれば、必ず話してくれるち」

「そうですよね。新幹線の中で頼まれたなんて、あほなことがありますかいな。知っとって、黙っとるのは、やっぱし金額を吊り上げようういうハラや」

竹西が勢いづくのを、馬場は危惧するように言った。

「しかし、和泉氏にはどうやって問い質《ただ》したらいいのですか？」

「そら、ズバリ話をするよりしょうがないのとちがいますか」

「誰が話しますか？」

「それは……」

竹西は政次郎の顔を見た。それにつられるように、全員の視線が、また政次郎に集まった。

「ん？　わしか？　わしはいけんぞ」

政次郎は慌てて手を横に振った。

「わしは遺産相続とは関係ないち。あんたらだけでやったらいいがな」

「そんな冷たい……」

夏美は恨めしそうに叔父を見た。

「やはり、こういうことは、探偵社とか弁護士なんかに頼んだほうがいいんじゃありませんか？」

馬場が提案した。

「探偵も弁護士も、あまり賛成はしかねますなあ」

竹西は顔をしかめた。

「探偵社に頼むとなると、高梨家の秘密を明かすということになるし、さりとて、弁護士に調査を頼むとなると、相当な謝礼金が必要でっせ。金額が金額やから、下手すると、一千万を越えるかもしれん」

「そんなにかかるんですか？」

「かかりますなあ……それやったら、和泉いう人に百万もやって、話をつけたほうがなんぼええかしれん」

「そんなもので話がつきますか？」

「さあ？……どないでっしゃろ？」

竹西は政次郎の意見を求めた。

「そうじゃな、和泉氏は目下失業中じゃから、金が欲しいことは確かかもしれんな」

政次郎は眉を寄せて、不愉快そうに言った。

「その点はウチとこと同じやないの」

夏美がニコリともせずに言った。

「なんや、厭味《いやみ》なこと言わんといてや」

竹西は苦笑した。

「そういう金銭の話し合いは、ビジネスマンの竹西さんにかぎりますね」

馬場が言った。

「じゃあ、この件に関しては、とにかく竹西さんにお任せしますから、話をつけてください よ」

「そうやな」

竹西も頷いた。

「よっしゃ、そしたら今夜中にでも、話を聞いてみますわ。ひょっとすると、とんだ天一坊《てんいちぼう》かもしれへん」

「何ですか、そのテンなんとかいうの」

秋野が訊いた。

「ははは、秋野さんは知らへんのか。将軍家ご落胤《らくいん》様の贋者の話ですがな」

竹西は笑ったが、内心は笑いごとどころではない。一族の中で、経済的に切羽詰まっているのは、ほかならぬ竹西なのである。

馬場にしろ政次郎にしろ、遺産に関しては不労所得的な意味あいがあるから、うまくいけばいいし、まずくてももともと――といった、軽い気持ちでいる。

「どっちみち、ぼくがやらなあかんと思うとりました。ほな、皆さんの代表いうことで、任せといていただきましょうか」

竹西は胸を叩いて、言った。

「あなた、そんな大きなこと言うて、大丈夫なの？」

夏美は心配そうに、夫の少し薄くなりかけた髪のあたりを見上げた。

「あの和泉いう人、頑丈そうな体してはるし、ときどき怖い目付きをすることあるし、ヤクザか何かじゃないの？」

「いや、前は大学の先生か何かやっとったらしい」

政次郎が言った。

「そう乱暴なことはせんじゃろ」

「そうでっしゃろな、腕力になったら、ぼくはさっぱりやさかい」

竹西は無駄な肉の多い腕のあたりを、パンパンと叩いて笑った。

2

この日は夕方頃から、竹西はソワソワと妙に落ち着かなかった。広い家の中をウロウロしてみたり、ブラッと外へ出掛けて行ってみたり、何か、和泉との話し合いのための作戦でも練っているのか――と、周囲の者たちは思った。

春香と和泉たちの一行は、四時過ぎには高梨家に帰ってきている。

「明日は失礼します」

帰る早々、和泉は政次郎に会ってそう宣言した。

「東京を発ってから、もう二日も経過してしまいました。せっかく九州見物に来たのに、これではまるで意味がありません」

「そうですか、もう少しいて欲しいのですがなあ……そういうわけにはいきませんか」

「はあ、残念ですが。それで、雄一君のことはよろしくお願いします」

「というと、やはり、あの子は置いて行かれますか？」

「もちろんです」

「しかし、当家としても、まだその、身元もはっきりせん子供を預かるいうのは……」

「身元ははっきりしているではありませんか。高梨家のお孫さんであることには間違いないのですから」

「それはしかし、まだ確認がとれたわけではないのであって……」

「それはそちらのご事情です。私のほうはこれでお役御免ということにしてくださ い」

「弱りましたなあ」

「弱っているのは私のほうですよ」

和泉は話しているうちに、だんだん腹が立ってきた。あんないたいけな坊やを、見ず知らずの夫婦に預ける母親も母親なら、それを受けるべき本家の連中も連中だ。遺産相続だか何だか知らないけれど、金をめぐる汚い争いの渦中に、雄一を放り込み、争いの道具に使おうという魂胆が気に食わない。

「とにかく、明日は出発させていただく」

最後はなかば喧嘩腰で言った。

その件は、夕食の席で、政次郎の口からみんなに伝えられた。

「ほう、行ってしまわれるのですか」

馬場が意外そうに言った。馬場としては、和泉夫妻はまだしばらくこの家にいて、雄一の処遇がどうなるか、いろいろ画策するものと考えていたのだ。

「どちらのほうへ行かれますか？」

「もともと、スケジュールもコースも決めていないのですが、まず阿蘇を見て、それから先のことはその時に決めます」

「そうですか……」

馬場は（それでいいのですか？——）という目を政次郎に向けた。

政次郎は軽く頷いてみせて、言った。

「なるべく行く先が分かるようにしておいていただくとありがたいのだが」

「そうですね、行く先から電話を入れるようにしますよ」

和泉もその程度はと思っていた。

食事が終わり、部屋に引き上げる時になって、竹西が和泉のそばに寄ってきた。

「あとでちょっとお話ししたいことがあります」

「はあ、何でしょう？」

「その時、お話しします」

ほかの連中の様子が妙にギクシャクしているのを感じて、これは何かあるな——と和泉はピンときた。

話したいことがあると言っていたくせに、竹西はなかなか呼びにこなかった。九時過ぎて、雄一が眠くなったので、先に寝かせることにした。

「明日からはおじさんとおばさんはこの家からいなくなって、きみ一人になるけど、大丈夫かい？」

和泉が訊くと、雄一はなんともいえない顔をしたが、健気《けなげ》に頷いて見せた。

「一緒に連れて帰ったほうがいいんじゃないかしら？」

麻子は消極的だ。

「帰るって、どこに帰るんだい。東京に帰っても、雄一君の家は分からないし、それに、帰ってしまっては何もなかったことになってしまう」

「それでいいじゃありませんか」

「われわれはよくても、雄一君とお母さんにとってはよくないだろう。だいたい、この役を引き受けたのは、きみの発案だぞ。いまさら後へ引くわけにはいくまい」

「ぼくなら平気です」

雄一が脇から言った。

「ママにも、そうなってもがまんしなさいって言われてるから」

「そうか……きみのお母さんはそうなることを予想していたというわけか」

和泉は雄一の頭に手を置いた。

「それじゃ、頑張るんだよ」

「はい」

雄一が頷くのを見て、麻子はもう涙ぐんでいる。

雄一が眠った頃合いを見計らったように、竹西がやってきた。

「ちょっと外に出ませんか、湯布院にもいい店がありますよって」

「はあ……」

和泉はいまさら出掛けるのは億劫《おっくう》だったが、断るわけにもいかない。セーターの上にジャンパーを羽織って、外へ出た。

「少し歩きますが、よろしいでしょう?」

竹西は言って、和泉の返事も待たずに歩きはじめた。

湯布院の夜は三月でも結構、冷える。

空は晴れているのだが、盆地中の温泉から上がる湯気で、夜霧が立ち込め、月はぼうっと霞んで見える。

竹西は『天井桟敷《てんじょうさじき》』という店に和泉を連れて行った。名前はずいぶんモダンだが、古い田舎家を改造したらしい、無骨な柱や梁が露出した、奇妙な魅力のある店だ。二階が喫茶室になっていて、ヨーロッパのアンティークな調度品があちこちに飾ってある。多少は『天井桟敷』の雰囲気もしないではなかった。

クラシック音楽が低く流れ、若いカップルが数組、ボソボソと喋っている。

カウンターに三十歳前後の青年がいて、竹西の顔を見るなり、立ち上がった。

「どうも、お久し振りです、森口です」

「ああ、どうもどうも、元気そうでんなあ、儲《もう》かりまっか？」

「いえ、まだまだです」

森口は手を横に振った。

「いまもマスターに、何をぐずぐずしちょるかと、叱られとったところなのです」

カウンターの中にいる、ヒョロッと痩せて、眼鏡が鼻の先に載っているような、ちょっと剽軽《ひょうきん》な感じの中年男が、この店のマスターらしい。

そのマスターにコーヒーを頼むと、竹西は和泉を引っ張るように先に立って、いちばん奥まったテーブルに坐った。

「あれは森口いいまして、春香のボーイフレンドですねん」

「ほう……」

和泉はあらためて森口のほうを見た。森口はマスターを相手に、何やら熱心に話し込んでいる。

「たぶん、湯布院演劇祭のことでも話しとるんやろ思います。あの男も春香を騙くらかして、資金を引き出そういう魂胆ですねん」

にくにくしげに言った。

マスターがコーヒーを運んでくると、竹西は如才なく商売の話などをしている。マスターが向こうへ行ってしまい、コーヒーを飲み干した頃になって、竹西はようやく居ずまいを正して、本題に入った。

「和泉さん、あのボンやけど、あれはほんまに弘一さんの子ォですのか？」

「それはすでに申し上げたように、私は知りませんよ。私はとにかく、頼まれて連れて来ただけなのですから」

「ほんまのことを言うてやってくれませんかなあ」

竹西は頭を下げ、その恰好で上目遣いに和泉を見上げた。

「ほんとも嘘も、私は事実を言っているのです」

「しかし、頼まれて連れてみえたからには、何か報酬なり、お礼なりがあるのでしょう」

「そんなもの、ありませんよ」

「まさか、あんた、そんなあほな……」

竹西は今度は逆に身を反らせて、声を出して笑った。

「どこの世界に、何もメリットがないのに、わざわざ湯布院くんだりまで、あないな厄介なもんを連れて来るような物好きがいますかいな」

「現にここに、そういう物好きがいるのだから仕方がない」

「ははは、冗談きつい人ですなあ……よっしゃ、私も大阪の商売人です。ぶっちゃけた話をさせてもらいますが、いま高梨家では、ああいう、わけの分からん子ォが紛れ込んでは、ややこしいことになりますのや。どないです？　和泉さんかて、高い交通費を使うてみえたのやさかい、それなりのことがないと納得いきまへんやろ。これでどないですか？　手ェ打ちまへんか？」

竹西は、和泉の目の前で、右手をパッと開いた。

「ばかにするな！」

和泉はさすがに怒りを抑えきれずに、強い口調で言って立ち上がった。向こうのほうでマスターがびっくりして、眼鏡をはずしかけたのが見えた。森口も周囲のアベックもこっちを見ている。

「見損なわないでいただきたい。私はそういうケチな根性でやって来たわけじゃないのです」

和泉はテーブルの上に千円札を置くと、後も見ずに階段へ向かった。

「あ、和泉はん、お釣りお釣り……」

竹西は叫んだが、和泉は一度も振り返ることなく、店を出た。カーッと血がのぼっていたせいか、外の冷えた空気が顔に当たるのが心地よかった。

3

竹西秀二の死体を発見したのは、高梨家の若いお手伝い・上森愛子《うえもりあいこ》である。

その朝、愛子はいつもどおり庭先から石段にかけての掃除をして、何気なく石垣の下の道を見た。

その道端に竹西は倒れていた。

「最初見た時には、どこかのおじさんが酔っぱらって寝ているのかと思いました」

愛子は警察の調べに対してそう言った。

「すぐに竹西さんだと気がつきましたけど、まさか死んでいるとは思いませんでした」

愛子は竹西に駆け寄って、声をかけようとした。その時、竹西の頭がドス黒く汚れていて、それが血の塊りらしいと分かって、腰を抜かした。

「ほんとうに立てなくなってしまったのですから」

愛子は刑事の事情聴取に対して、唇を突き出すようにして強調した。

竹西の死因は側頭部打撲による頭蓋骨骨折と断定されている。ほぼ即死状態といっていい。

警察の対応はきわめて早かった。一一〇番があって五分後には、十数人の警察官が駆けつけている。

湯布院町は大分南警察署の管轄で、湯布院町には幹部派出所があるだけである。しかし、この時はたまたま、捜査員がかなりの人数、派出所と付近の官舎や民宿などに滞在していた。

それは例の白いビルで発生した「変死事件」の捜査のためである。

その事件の捜査には、大分県警から捜査一課の刑事たちが応援に出ている。その連中がそっくり、新しい事件の現場に駆けつけたというわけだ。むしろ所轄署の連中のほうが遅れてやって来た。

その後、さらに五十人あまりの機動捜査隊員が大分から増援された。朝霧の晴れたばかりの由布院盆地には、ただならぬ気配が立ち籠めた。

警察の事情聴取に対して、高梨家の連中は最初、なかなか口が重かった。一族の中に犯人がいるのでは?——という疑惑を、それぞれが抱えていたせいである。

もっとも、夏美だけはほとんど半狂乱といった状態で、事情聴取どころではなかった。

死体発見の直後、龍太郎と雄一を除く高梨家の全員が現場に急行した。その際、すぐに屋敷内に担ぎ込もうとするのを、和泉が押しとどめた。もちろん現場保存のためである。その和泉に向かって、夏美は「あんたが来て、ろくなことが起きへん思ってたんや。あんたが殺したんやろ」と、摑みかからんばかりに泣きわめいた。

そういう混乱の中にあって、馬場だけが一人、警察の調べに対して、喋り過ぎるほど喋った。

「犯人は和泉氏ですよ」

馬場は事情聴取に当たった刑事に、そう断言した。

「竹西さんは昨夜、和泉氏とここを出たのです。目的は和泉氏に遺産相続問題から手を引くように談判することでした。当然、ひと悶着《もんちゃく》あっても不思議はありませんからね」

確かに、馬場の言ったとおり、竹西と和泉は、昨夜午後九時過ぎ頃に高梨家を出ていることが明らかになった。

「ところがですよ、和泉氏はその後、一人で帰って来たのです。ぼくはトイレから戻る途中にチラッと見たのだけど、ものすごく興奮した顔でしたよ」

そこで、警察はまず和泉の事情聴取に重点を置くとともに、周辺の聞き込み捜査を開始した。

竹西と和泉の二人が高梨家を出て、金鱗湖にほど近い喫茶店『天井桟敷』に行ったことも確認がとれた。

じつは、『天井桟敷』は亀《かめ》の谷《たに》山荘という旅館の敷地内にある喫茶店なのだが、そのことは和泉は知らなかった。『天井桟敷』からは、和泉だけが先に引き上げた。それは『天井桟敷』のマスター・井谷《いたに》も認めている。

「お二人さんは何か険悪なムードでした。口喧嘩みたいになったのとちがいますかなあ。最後はそのお客さん……和泉さんいうのですか？　その人が千円札をテーブルに叩きつけるようにして、出て行きました」

その後しばらく、竹西は店にいたそうである。そういう「出来事」があって、すぐに帰るのは照れくさかったのかもしれない——というのが、井谷マスターの感想であった。

竹西は井谷と客の一人を相手に、あまり意味のないお喋りをした。

「それでも五、六分くらいなもんでしょう。竹西さんは和泉さんの置いた千円で勘定をすませて、帰って行きました」

それが、生きている竹西を見た最後ということになった。もちろん、犯人を除けば

――である。

死亡推定時刻は午後十時から十一時までのあいだと見られる。

和泉が『天井桟敷』を出たのが、九時五十分頃だったそうだ。

「時計を見たわけじゃないですがね、竹西さんが帰って行ったのが十時前だったから、たぶんそんなものだと思いますよ」

井谷マスターがそう言っている。

和泉が高梨家に戻った時間ははっきりしなかった。和泉もまた、時計を見たわけではないが――と前置きして、「たぶん十時二十分か三十分か、その頃だと思いますよ」と言っている。

『天井桟敷』から高梨家までは、歩いて二十分とはかからない。その点を突っ込むと、和泉は「だったら、もっと早く帰っていたのじゃないかな」という答え方をした。

警察は当然、和泉を追及した。捜査員の心証は、和泉に対してきわめて悪かった。早い話、竹西の死亡推定時刻は、和泉が高梨家に戻るまでの時刻と、重なる可能性があるのだ。

しかも、事情聴取に応じる和泉の態度は、いかにも尊大で横柄に見えた。その点については和泉も否定しない。和泉にしてみれば、この朝、なるべく早い時刻に出発したかったのである。それが思いがけない事件の勃発で足止めを食い、さらに警察の執《しつ》拗《よう》な事情聴取にあうなどというのは、我慢がならない。

とはいえ、状況からいって、竹西殺害の容疑者として、もっとも適性がありそうな人物といえば、どうしても和泉ということになってしまう。

『天井桟敷』で、和泉と竹西が口論していたことはまぎれもない事実だ。

「何を揉《も》めておったのです?」

刑事はまずその点を追及した。

竹西が和泉にたいして「遺産相続問題から手を引け」といったニュアンスのことを言ったのは、和泉自身の供述で明らかになった。竹西がそういう役目を担って、和泉を説得にかかっていたことも、高梨家にいる一族のほかの連中が証言している。

どう考えても、これらの状況は和泉にとって不利な事柄ばかりである。

時間はどんどん経過してゆく。朝の出発予定が昼近くなろうというのに、警察の足止めはまだまだ続きそうな気配であった。

「いつまで引き止めれば気がすむのかね?」

和泉は捜査主任の警部に嚙みついた。捜査主任は山内《やまうち》という大分県警の警部で、まだ三十五、六歳、和泉から見れば、息子ぐらいだが、刑事稼業は長いらしく、なかなか執拗な訊問ぶりであった。

「まあまあ、もう少し待ってくれませんか、昼少し前には、大分地検から検事さんが来ることになっていますので」

山内警部は言った。

「検事が？」

和泉は驚いた。

「もう検事が出てくるの？　ずいぶん早過ぎるじゃないですか」

「あ、いや、検事さんはこっちの事件のためにではなくてですね、別件の捜査にいらっしゃるのです。しかし、ついでと言っちゃなんですが、こっちの事件のほうも見てもらおうかと思いましてね」

「別件というと、あの白いビルの変死事件のことですか？」

「まあそういうことです。ひょっとすると、今回の事件もあっちと何か関連があるのかもしれませんからね」

「関連が？　どうしてですか？」

「さあねえ、そこまでは話すわけにはいきません。とにかく、そういうわけですから、もうしばらくご辛抱いただきたい」

言葉つきは一応丁寧だが、有無を言わせない強引さがある。それを押し切ってまで、湯布院をあとにするわけにはいかない。和泉はなかば観念した。

警部の言ったとおり、昼少し前に検事が到着した。捜査本部長である所轄署の署長の案内で高梨家にやって来た。そして、いきなり和泉に面会を申し入れたのである。

山内警部が呼びに来て、和泉は応接室へ連れて行かれた。

応接室に一歩入った途端、検事は大声を発した。

「やっぱり先生でしたか」

そう言われても、和泉は一瞬、何が起きたのか分からなかった。

「谷口《たにぐち》ですよ、谷口。S大学の谷口です」

三十歳を少し出たかという感じの、ハンサムな紳士であった。

「えっ？　きみか？　谷口幸雄《ゆきお》君か？」

和泉は思い出した。谷口は和泉がまだ国立大学にいた頃の、最後の教え子だ。

「そうですよ、その谷口です」

谷口は和泉がフルネームを憶えていてくれたことで、感激している。

「驚いたなあ、谷口君か……あまりきちんとしているので、とっさには分からなかったが、そういえば面影はあるねえ」

「当然ですよ先生、本人なんですから」

「ははは、そりゃそうだ……しかし、きみは何だってここにいるんだ？」

「いやですねえ、この事件を調べに来ているのじゃありませんか」

「ん？　あ、そうか、大分から来る検事というのは、きみのことだったのか」

「ええ、そうです。ここに来るなり、重要参考人がいるので、訊問するようにと言われましてね、名前を聞いたら、なんと先生のお名前だったもので、もしや――とは思ったのですが……いや、それにしても驚きました」

「驚いたのはこっちだよ。ひどい目に遭っている」

「どうもそのようですねえ、申し訳ありません」

谷口検事は山内警部を振り返った。

「山内さん、この方は私の恩師でしてね、法律の大先生ですよ」

「そうなのですか……失礼なことを申し上げました」

山内はかすれ声を出した。

「いや、まあ職務ですからね、仕方がないでしょう。それより谷口君、なるべく早く出立したいのだが、なんとかその警部さんを説得してくれないかな」

「もちろんです、どうですか、山内さん」

谷口が言うと、山内は恐縮しきって頭を下げた。

「いえ、あの、もう結構であります。どうぞご自由にお出掛けください」

「そういうわけですから先生、気になさらないでください。ただし、すぐにご出発なんておっしゃらずに、ちょっとお話を聞かせていただけませんか」

「話というと、この事件のことをかね？」

「はい、この事件に関しては、先生は渦中の人でありますから、直接、ご教示いただければありがたいのですが」

「まさか、きみまで容疑者扱いをするわけじゃないだろうね」

「ははは、それはもうおっしゃらないでください。それより、先生のご高説をお聞きできればありがたいのですが」

「そうだね、ご高説はないが……いいでしょう、私のほうにも、多少、聞きたいことはあるし」

和泉は生涯教育センターの事件について、聞ければ――と思った。

谷口検事は応接室からほかの連中に出てもらって、和泉と二人きりになった。

「じつは、私が湯布院に来たのは、別件の捜査のためなのです」

あらためて、ソファーとアームチェアに向かいあいに坐ると、谷口は早速切り出した。

「例の白いビルの変死事件だそうだね」

「あ、ご存じでしたか。そのとおりなのです。あれはまだ、自殺他殺、いずれとも決めかねているのですが」

「死んだのは、相羽氏の秘書の一人だそうじゃないか」

「えっ？　驚きましたねえ、そこまでご存じでしたか」

「ははは、あるスジから耳に入った」

「あるスジとは？」

「うーん……きみなら、まあいいか。ここだけの話だが、高柳が教えてくれたよ」

「高柳さんというと、高柳警視監ですか？」

「ああ、そうだよ。彼とは大学で同期だった仲だ。もっとも、いまの高柳は某会社の重役だがね」

「なるほど、それじゃご存じのはずです」

「それで、そっちの事件とここと、どう結びついているのだい？」

「これはもちろんオフレコということにしていただきますが」

「分かっているよ」

「じつは、高梨政次郎氏は、相羽氏の支持者の一人でして、かつ、生涯教育センター計画の推進者の一人でもあるのです」

「ほう……」

和泉は驚いた。

「そうすると、政次郎氏に何か容疑事実でもあるのかい？」

「いいえ、そういうわけではありませんが、同じ湯布院の中ですからね。それに、現在も生涯教育センターの計画を推進しつつあるのです」

「しかし、相羽氏はその件からはすでに手を引いているのじゃなかったかな」

「ええ、手を引きました。こう言っちゃなんですが、もともと相羽氏は、政界進出のための票集めと金集めの道具として、生涯教育センターに関わっていたにすぎませんからね。金を使い果たし、選挙に出ないと決めた瞬間から、ソッポを向いてしまったというわけです。生涯教育センターなんて、票集め効果を度外視すれば、金と手間がかかる割にはメリットが少ないのです」

「なるほど、そんなものより、パチンコ屋でもやったほうが儲かる——とでも考えたのかもしれないね」

「ははは、まさか、そんなことはないでしょうけれど」

「そういえば」と和泉は思い出した。

「高梨家に出入りしている尾川という青年が、やはり生涯教育センターに熱心だとか言っていたな。それに、彼はここの三女の春香さんと親しい関係にあるらしい」

「尾川ですね」

谷口はメモ帳に書き込んだ。和泉は「尾川のオは尻尾《しっぽ》の尾だよ」と教えた。

4

和泉夫妻は昼食をとらずに高梨家をあとにした。

思いもかけぬ悲劇の発生で、高梨家はテンヤワンヤの騒ぎとあって、見送りは春香とお手伝いの大木桂子の二人だけであった。

その前に、和泉は雄一を伴って龍太郎に挨拶をしている。

「このたびは、とんだことで……」

和泉は型どおりに悔やみを言った。

「困ったことです」

龍太郎は短く、そう言った。

「雄一君を置いていきますが、もし何かありましたら、私のところにお申し越しください。数日後には東京の自宅に戻っておるつもりです」

「そうですか、行きなさるか。いろいろお世話になりました」

「いえ……」

「この子のことは、わしの一存では決めがたい。いずれうちの者たちが善処するじゃろうが、悪いようにはせんつもりじゃ。差し当たり桂子に世話をさせます」

部屋の隅に控えている大木桂子を目顔で呼んだ。

桂子は膝を畳の上に辷《すべ》らすようにして、龍太郎の枕元に近寄った。

「よいな、この子の面倒を見てやれ」

「はい」

桂子は平伏した。

和泉夫妻の出発を、桂子は雄一に付き添って見送った。夫妻が玄関を出ようとした時、一歩、歩み寄って、「あの……」と何事か言いかけた。

その時、春香が表から「車でお送りします」と声をかけて寄越した。

和泉は「ありがとう」と答えておいて、桂子に向けて、「何か？」と訊いた。

桂子は一瞬、躊躇《ためら》ってから、「いいえ」と首を横に振った。明らかに、何か言いたかったのを、春香を見てやめた――という印象だった。

「湯布院から阿蘇へは、直通の観光バスが行っているのです」

春香は言って、そのバスが出る「亀《かめ》の井《い》バス」のターミナルまで送ってくれた。

車を下りて、別れを告げる時、和泉は「雄一君のことをくれぐれもよろしくお願いしますよ」と言った。

春香は「はい」と頷いたが、ひどく寂しそうな顔であった。何か得体の知れないものが、あの屋敷に蠢《うごめ》いているような不安を、その顔を見て、和泉は感じた。

春香が言っていたとおり、九州国際観光バスというのが阿蘇まで直通していた。十三時七分発「あそ4号」に乗ると、バスは「やまなみハイウェイ」を一気に走って、約二時間で阿蘇山のロープウェイ乗り場に到着する。

バスは発車するとすぐ、急な坂にかかり、由布院盆地がしだいに遠のく。麻子は憂《うれ》わしげな顔で、盆地の風景を振り返った。

「やっぱり他人のお宅では、気疲れがするわねえ。うちが一番いいわ」

しみじみと言う。

「なんだ、もう里心がついたのか」

和泉は笑った。

「そうじゃないけど、あなたと二人きりで旅行を楽しむはずだったのに、妙なことになってしまって、ちょっと疲れたの」

「まったくだよな、どこで災難に出会うか分からないものだ」

「あの子、大丈夫なのかしら」

麻子はふっと雄一のことを思い浮かべて、眉のあたりを曇らせた。

「あんなに小さいのに、しっかりした子だけれど……」

「そのことは言うなよ。われわれには関係のないことなのだから」

「それはそうだけど……はい、分かりました。もう忘れることにするわ」

そう言って、麻子は笑顔を見せた。

やまなみハイウェイは、正しくは「日本道路公団別府阿蘇道路」のことで、水分峠《みずわけ》——城山《しろやま》間の約五十キロあまりを指す。しかし、現在では別府から阿蘇までのおよそ百キロを総称して、そう呼んでいる。

平均標高千メートル。バスの窓から眺める、久住《くじゆう》高原から阿蘇外輪山の周辺は、日本を代表する風景の中でも、五本の指には間違いなく入る。草千里《くさせんり》の前を通過する時、バスはしばらく停まって、そこからの風景を満喫させてくれた。

阿蘇山はよく晴れていた。草千里はまだ萌えはじめたばかりの淡い草色が、霞のように大地を覆って、じつに美しい。

「きれいねえ、わあ、きれい！　……」

オペラグラスを目に当てて、周囲の風景をグルリと見回して、麻子は少女のように単純な歓声を上げげっぱなしだった。

阿蘇山西でバスを降りて、いよいよ阿蘇中岳火口までのロープウェイに乗る。

和泉たちと擦《す》れ違うように、ロープウェイ乗り場の広い駐車場から、修学旅行の女子高校生を乗せたバスがどんどん発車して行った。

少し遅い時間のせいか、ロープウェイはガラガラに空いていた。

ゴンドラが白煙の昇る山頂に近づくにつれて、しだいに期待感が高まってくる。そういう最中に、あんなにはしゃいでいた麻子が時折、ふっと物思いに沈んだ顔を見せた。

「おい、気分でも悪いのか？」

和泉は訊いた。

「え？　ううん、大丈夫よ」

「また雄一君のことを考えているな？」

和泉は苦笑しながら言った。

「あら……いいえ、考えてなんかいませんよ」

麻子はバツが悪そうに、むきになって言う。

「ははは、隠すことはない。おれだってそうなんだから、きみの心理も手に取るように読めるのだ」

「なんだ、そうなの……、でも、もう考えるの、やめましょう」

麻子はまた笑顔を作った。

山頂までゆくと、さすがに気温が低い。風もかなり強かった。噴火口から上がる煙が、渦を巻き、ちぎれるように吹き飛ばされる。

山頂一帯には、ゴツゴツした岩場のあちこちにトーチカのような避難用の構造物がある。三十センチはありそうな分厚い屋根だが、それでも爆発で飛ばされた岩石に、ひとたまりもなく破壊されることがあるそうだ。

柵の手前から噴火口の底が覗ける。硫黄の黄色と焼けた石の褐色とがあやなして、豪快だが不気味な風景を作っている。

噴火口の中をおそるおそる覗き込んで、麻子は「怖い怖い」と和泉にしがみついた。

「おい、女子高生だって平気なんだぞ、みっともないじゃないか」

和泉は照れて、そっぽを向きながら、言った。

「そんな冷たいこと言わないでよ。あなたって、そういう人なのね」

麻子は文句を言い言い、それでも和泉の腕に縋《すが》って、離さない。なんとなく新婚旅行の気分がしないでもなかった。

山頂のレストランでコーヒーを飲みながら、旅行案内書をひもといていた麻子が、突然、「ねえ、竹田《たけた》へ行きましょうよ」と言い出した。

「滝廉太郎《たきれんたろう》の史蹟があるんですって」

「竹田か……どう行くんだい？」

「よく分からないけど、そんなに遠くないみたいよ。どうせどこも予約してないんだから、竹田に泊まっても構わないんでしょう？」

「そりゃ構わないけどさ……」

和泉は苦笑した。

地図を見ると、竹田市は阿蘇山から東北東方向へ——つまり、北東の湯布院から来た道を少し南に下がった方角へUターンするような感じである。

和泉は麻子の心情が理解できた。彼女はいぜんとして雄一のことが気にかかっているのだ。それに、あの高梨家のこれからも気になるのかもしれない。

それは和泉も同じだ。あんなふうに出てきてしまったが、心残りがないわけではない。事件の結末もそうだが、これからさらに何かが起こりそうな予感もあった。

「まったく、出たとこ勝負の思いつき旅行になっちゃったな」

和泉はつとめて陽気そうに笑った。

「いいわよ、そのほうが。だいたいあなたは真面目すぎるのが欠点なんですから」

案内書で調べると、どうやらJR豊肥《ほうひ》本線の阿蘇駅から豊後竹田《ぶんごたけた》まで、四十五分ばかりで行くらしい。この分なら、日暮れ過ぎ頃までには行けそうだ。

「よし、そうと決まったら、先を急ごう」

和泉は威勢よく立った。

ロープウェイが麓駅に着く寸前、麻子はオペラグラスを覗いていて、「あら？」と叫んだ。

「ねえ、ねえ、あのひと、高梨家のお手伝いさんじゃないかしら？」

「お手伝い？」

「そう、ほら、大木桂子さんとかいったでしょう、あのひと」

「どれどれ」

和泉はオペラグラスを受け取って、麻子が眺めていた方角を覗いた。ロープウェイ乗り場前の駐車場である。観光バスはほとんど引き上げ、広い駐車場も閑散としている。

「どこだか分からないな」

「もっと右のほうじゃないかしら」

しかし、ロープウェイはじきに建物の中に吸い込まれて、視界が閉ざされた。

「まさか、あのお手伝いさんがこんなところにいるわけないだろう。あの人はつい三時間ばかり前、高梨さんの玄関でおれたちを見送ってくれたばかりだよ」

「でも、車に乗り込もうとしているところで、チラッとこっちを振り返った顔が、そう見えたんですもの。たしかよ」

「車に？　彼女、車の運転ができるようには見えないけどなあ」

「そうじゃなくて、助手席のほうですよ。でも、なんだかあのひと、車の中にいやいや入ろうとしている感じだったわねえ。というより、無理やり引きずりこまれたようにも見えたわ」

「引きずり込んだ？　男がか？」

「ええ、はっきりそうかどうか分からないけど、とにかくそんな感じでしたよ」

ロープウェイから出たところで、二人は足を停めた。それから言い合わせたように走り出した。

建物を出て駐車場を見たが、それらしい車は見当たらなかった。

「見間違えじゃないのか？」

「そうねえ、だったらいいのだけど……そうね、たぶん別人よね。こんなところにいるはずがないもの」

そう言いながら、麻子はまだ気になって、麓へ下ってゆく車を一つ一つ、目で追っていた。

ものの本によると、豊肥本線は、九州初の横断鉄道である。熊本と大分を結び、阿蘇山の巨大なカルデラの中を縫うようにして走る。昭和三年に全線が開通したそうだが、さぞかし難工事だったろう。

梅崎春生《うめざきはるお》の小説『幻化』に阿蘇駅のことが書かれている。

一時間余りで、阿蘇駅に着いた。

駅前はごたごたしている。土産物屋や宿屋や、歓迎と書いた布のアーチまで立っている。阿蘇駅が坊中《ぼうちゅう》と言っていた時は、もっと素朴で、登山口らしい趣きがあった。

現在の阿蘇駅にはそういう賑わいはなかった。「坊中駅」といっていた当時とは、もちろん趣きは違うだろうけれど、乗降する客も少なく、閑散としている。

旅をする者にとっては、あまり混雑しすぎるのは迷惑だが、適当にお客がいてくれたほうが、心浮き立つような楽しさがあって、いいものである。そういう意味からは、少し寂しい気がした。

麓から見上げる阿蘇の連山は、さすがに「火の国」の象徴らしく、堂々としている。

西に傾いた太陽の光を背にして、まるで後光が射しているように、神々しくもあった。昔の人が山を神の宿るところと崇《あが》めたのも、自然発生的な信仰なのだ——という気持ちがしてくる。

外輪山の峠を越えると、ふたたび大分県に入る。

とたんに視界は狭くなって、列車は大野《おおの》川の谷あいを走る。谷が少し開けたかと思うと、まもなく豊後竹田駅であった。ホームに滑り込む列車を、「荒城の月」のメロディーが迎えてくれた。

第五章　不倫の清算

1

竹田市は谷あいの街である。四方のどこから来るにしても、鉄道や道路は大抵、トンネルを潜らなければならない。周囲はほとんどが岩山に囲まれている。

そして、あたかもそういう岩山の一つででもあるかのように、滝廉太郎の「荒城の月」で有名な岡《おか》城跡がある。

滝廉太郎は明治十二年に東京で生まれたが、十一歳の時に竹田に移り住み、十五歳で東京に出て音楽学校に入るまでの、多感な少年期をここで過ごした。

そして明治三十五年、病いを得て留学中のドイツから竹田に戻り、療養中に、「憾《うらみ》」を作曲している。

「荒城の月」は、ドイツ留学の前年、滝廉太郎が岡城跡を逍遥《しょうよう》した時のイメージで作曲された。その岡城跡を見たい――と麻子は言うのである。

「竹田は軍神・広瀬《ひろせ》中佐の生地だそうだ」

和泉は案内書の受け売りを言った。

「古いわねえ、あなたも」

麻子は笑った。

「あははは、確かに古いな。考えてみると、軍神だの広瀬中佐だのに、かすかな興奮に似た気持ちを覚えるというのは、おれたちぐらいの年代が最後なのかもしれない」

「おれたちって、わたくしを一緒にしないでくださいよ」

「何を言っているんだ。そういうきみだって、滝廉太郎とはずいぶん古めかしいぞ」

「それはべつよ、『荒城の月』には乙女時代の思い出がありますからね」

「ふーん、どんな思い出だい？」

「それは、ヒ、ミ、ツ」

麻子は、人差指でリズムを取りながら、おどけた言い方をして、和泉を苦笑させた。

まったく女というのは、いつまで経っても妙に若やいだ仕草のできる生き物だ。

竹田に着いた時には、谷あいの街はすでにとっぷりと暮れていて、滝廉太郎も広瀬中佐も、すべて明日――ということになった。

駅前の観光案内所の世話で、宿はすぐに取れた。いまどき珍しいほどの純和風旅館で、料金の安いのもよかった。

山の中だし、急な泊まりだから、食べ物にはあまり期待しなかったのだが、結構、海のものなども豊かで、満足がいった。

風呂に入って、軽くビールを飲むと、さすがに疲れているのだろう、二人とも睡魔に襲われた。

どこか遠くのせせらぎの音が聞こえていたが、それも気にならないほど、ぐっすり眠った。

翌朝は雨が降っていた。昨日まであんなによく晴れていたのに——と思うくらいだが、仲居さんに言わせると、この辺りは天気が変わりやすいのだそうだ。

「このぶんだと、岡城跡は無理かな」

和泉はテレビをつけて、天気予報を見ようとした。テレビはニュースが始まったばかりで、海外の大きなニュースのあと、国内のニュースが流れ、最後に地元大分県のニュースになった。


ただいま入りましたニュースですが、けさ早く、大分郡湯布院町で女性の変死体が発見されました。

けさ六時頃、湯布院町○○の由布院神社で、同神社の宮司の娘さんが境内の掃除をしていて、女の人が死んでいるのを見つけ、警察に届けました。

警察が調べたところ、この女の人は湯布院町○○の不動産業・高梨龍太郎さん宅に勤めるお手伝いさんで、大木恵子さん五十五歳と分かりました。

大木さんは境内の木の枝で首を吊っており、一応自殺と考えられますが、なお死因に不審な点もあり、警察では殺された可能性もあるものと見て、自殺他殺、両面で捜査を進めております。

湯布院町では、このところ不審な死亡事件が続いており、つい一昨日も、同じ高梨さんの親戚の男性が殺されたばかりで、警察ではこの事件との関連についても調べることにしています。

和泉も麻子も口をあんぐりと開けたまま、しばらくは声も出なかった。

「殺された？……」

和泉がようやく呟いた。

「驚いたなあ、ほんとうかねえ」

「ほんとうなんでしょう、ニュースでやるくらいですもの」

二人は妙にのんびりした口調で会話を交わした。まるで寝惚《ねぼ》けているように、頭にピンとくるものがなかった。

しかし、そういう状態はほんの数秒で、すぐに恐怖感が襲ってきた。

「どういうことだ？」

「何なのかしら？」

顔を見合わせ、ほとんど同時に「雄一君は？」と言った。大木桂子が雄一の面倒を見ることになっていたのを思い出したのだ。

「雄一君はどうなったのだ？」

和泉は部屋の電話を取った。古い旅館だが、電話は直通のダイヤル式になっている。

だが、高梨家の電話は話し中だった。何度かけても話し中音が返ってくる。

「行こう」と言うなり、和泉は立ち上がって、旅館の着物を脱ぎにかかった。

麻子も躊躇はしなかった。

ものの三十分後には旅館を出た。あまりの慌ただしさに驚いた帳場の女将《おかみ》が「何か不都合でもあったのですか？」と、心配そうに訊いてきた。

竹田から大分へ、大分から由布院へ――とJRを乗り継いで、約三時間の道程だ。早いといえば早いけれど、二人にしてみれば、無限に長い時間に感じられた。

由布院駅前のタクシーに乗って、「高梨さんのお宅へ」と言うと、初老の運転手はギョッとしたように振り返った。一瞬、乗車拒否でもされるのかな――と思ったが、車はすぐにスタートした。

「お客さん、高梨さんの親戚ですか？」

運転手は遠慮と好奇心がない交ざった言い方をした。

「いや、そういうわけじゃないが」

「そうでしたか、それならいいのですが」

「どうして？」

「いや、このあいだ乗せた人が高梨さんの親戚の人で、その人が殺されて、またけさ、ああいう事件があったもんだから、ちょっと気色が悪くてね」

運転手は竹西のことを言っている。

「今度はお手伝いさんらしいね」

和泉は水を向けた。

「そうです、お手伝いです。私も高梨さんのところへ行くことが多いもんで、ときどき顔を合わせていたのですがね」

「いいひとだったでしょう」

「そうねえ、なかなか優しいひとみたいでしたねえ」

「ずっと高梨家で働いていたそうだが、お嫁には行かなかったのかねえ」

「そうです、行かなかったみたいですね。高梨さんの跡取り息子さんの面倒を見るので、一生懸命だったのとちがいますか」

「だけど、その跡取り息子さんも、東京で死んでしまったそうじゃないの」

「そうそう、可哀想にねえ、おやじさんも、ええかげんで許してあげればよかったのにねえ」

運転手は消息通らしかった。

「なんで自殺なんかしたのだろう？」

和泉はさりげなく訊いてみた。

「自殺？　いや、あれは自殺なんかじゃないと思うね」

「じゃあ、殺されたの？」

「ああ、そうじゃないかねえ。昨日も顔を見たけど、死ぬような感じはなかったもの。警察も一応、殺された疑いがあるとか、言うちょるみたいだし」

「何か殺されるような理由でもあるのかな」

「さあねえ、高梨さんのところも、いろいろあるみたいだし」

もっと何か聞きたい気もしたのだが、車はすぐに高梨家に着いてしまった。

高梨家の周辺には、制服警官の姿もチラホラ見られ、緊迫した空気が漂っていた。

和泉夫妻の姿を見かけて、すぐに刑事が近寄ってきた。

「あれ？　おたくさんたちは、確か昨日の……」

当然のことながら、刑事はまだ夫妻のことを憶えていて、びっくりした顔になった。

「谷口検事はまだここにいますか？」

和泉は厳しい顔をして、訊いた。

「はあ、おいでですが……」

刑事は検事ドノの知り合いと見て、態度が改まった。

「恐縮だが、呼んでいただけませんか。和泉と言ってくれれば分かります」

刑事は飛んで行って、谷口を呼んできた。

「やあ、戻っていらしたのですか」

谷口は玄関から身を乗り出して、嬉しそうに言った。

「いや、昨日は竹田に泊まったのだがね、けさのニュースで見て、びっくりして飛んできてしまったのだよ」

「そうですか、まあ、とにかく入ってください。といっても、他人の家だし、それにご存じのとおりの大騒ぎですが」

和泉夫妻は玄関を入った。その頃には、谷口の表情から笑いが消えて、鋭いエリート検事の顔に戻った。

不思議なことに、屋敷に入っても、高梨家の人間に行き会わない。なんだか、全員が死に絶えたような、不気味な想像が背筋を寒くした。

「どうなの？　自殺他殺、どっちなの？」

和泉は歩きながら、小声で訊いた。

「まだ決めかねています」

「どうして？　確か神社の境内で首を吊っていたということだったが。それだったら自殺じゃないのかね」

「そうとも断定できないのです」

谷口は応接室のドアを開けて、和泉夫妻を先に入れた。「さ、どうぞ」などと、まるで自分の家のように振る舞って、ソファーを勧めたりしている。

「じつは、巫女さんが発見した時は、ロープを結んだ木の枝が折れて、大木桂子は地上に倒れていました。それに、首のロープの痕に若干、ずれた形跡がありまして、絞め直したようにも見えるのです」

「なるほど、首を絞めて殺しておいてから、枝に吊るしたと考えられるわけか」

和泉は状況を想像しながら言った。麻子は顔を顰《しか》めている。

「そうです。もっとも、枝が折れた時にロープがずれた可能性もあるわけですが。とにかくきわめて難事件の様相を呈してきました。正直言って、私の手には負えないような心細さを感じていたところでした。そんなわけで、先生のお顔を見て、百万の援軍を得たような気分がしてきました」

「何を言っているんだ、ぼくなんか屁《へ》の役にも立たないよ」

「しかし、この事件には、遺産相続問題だとか、例の生涯教育センターの問題だとか、ひょっとすると相羽氏の犯罪までが絡んでいる可能性があります。先生は内部の事情にもお詳しいし、何か有効なサジェスチョンを与えていただけると思うのですが」

「だめだめ……」

和泉は手を振った。

「あなた、雄一君のことを」

麻子がじれったそうに、和泉の膝をつついた。

「そうだ、雄一君……あの子はどうしている？　無事かね？」

「ああ、あの子は大丈夫です。ここの娘さんの春香という人が、しっかり見てくれているようです」

「そう、それはよかった」

和泉と麻子は顔を見合わせて、ホウーッと吐息をついた。

「いま、山内警部がここの家人を集めて、事情聴取を行なっているところですが、ご一緒なさいますか？」

谷口検事は訊いた。

「いや、できたらまず、雄一君の顔を見たいな」

「それじゃ、龍太郎老人の部屋に行きましょう。あそこにいますから」

龍太郎の病室には春香と雄一のほかに、医者と看護婦、それにお手伝いの上森愛子が詰めていた。春香は喪服を着ていた。義兄の死のためだったのだろうけれど、それがそのまま、大木桂子のためにもなった。

和泉夫妻の顔を見ると、雄一は「あっ」と小さく叫んで、襖《ふすま》のところまで飛んできた。

残りの全員の目も、いっせいに夫妻に注がれた。

その中で、老人の目が異常にギラギラしているように、和泉には見えた。怒りと不安に対して何もできないことが、この老人を極度に苛立たせているにちがいない。

「竹田でニュースを見まして、急いで戻って来ました」

挨拶をすますと、和泉はそう言った。

龍太郎は「うん、うん」と頷いた。「よう戻ってくだされた」とも言ったが、精神も肉体もよほど参っているのか、あまり鮮明な言葉ではなかった。

雄一は春香の傍に戻って、きちんと正座をしている。

「ちょっと谷口君と話があるから、麻子はここにいなさい。またあとで来ます」

和泉は麻子に言って、部屋を出た。

「さて、捜査の状況について、聞かせてもらおうかな」

廊下を少し歩いてから、和泉は改めて谷口に訊いた。

「さっきも言いましたが、正直、何がなんだか、分からない——というのが実情です」

谷口は苦渋に満ちた口調で、捜査当局の混乱ぶりを物語るようにそう言った。

「駅前タクシーの運転手は、大木桂子さんには、自殺しそうな感じはなかったということだったよ。ぼくも彼女と別れたのは、つい昨日の昼だが、その時にはそういう感じはぜんぜんなかったし、雄一君のことを頼んでも大丈夫——という感じだった。何か言いたそうにしてはいたけどね」

話していて、その桂子がもうこの世にいないと思うと、和泉は恐怖を覚えるよりも腹が立った。

「とにかく、事件発生以来、警察の捜査で分かったことをお話ししましょう」

谷口は言って、ふたたび応接室のドアを開けた。

2

大木桂子の生きている姿を最後に見たのは、お手伝いの仲間の上森愛子であった。愛子は竹西の死体の第一発見者でもある。そこへもってきて、桂子を最後に見たということだから、警察の事情聴取はもっとも入念にされるにちがいない。

「その上森愛子の証言ですが」と谷口は言った。

「大木桂子は午後八時過ぎ頃、この屋敷を出て行ったのだそうです」

「午後八時過ぎか……じゃあ、やっぱり違うな」

「は？　何が違うのですか？」

谷口は聞き咎めた。

「いや、昨日の午後、阿蘇でカミさんが、大木桂子さんらしい女性を見かけたと言うものだからね」

「阿蘇でですか？」

「うん、しかし見間違えだろう。いや、失礼、先を続けてくれないか」

「はあ、それで、大木桂子の死亡推定時刻はそれから一、二時間後と思われますので、もしこれが殺害されたものだとすると、その直後といってもいい時刻に、被害者は犯人と会い、殺害されたものと考えられます」

「彼女には争ったような形跡はなかったのかい？」

「ええ、それはありませんでした。したがって、自殺のセンが強いと言えば言えるのですが、犯人が親しい人物であれば、そういう犯行も可能と考えられます」

「自殺の動機については、どうなの？」

「具体的な動機は、いまのところはっきりしません。先生の感じたとおり、彼女には自殺しそうな素振りは見当たらなかったという意見と、いや、そうではない、何か屈託したような、沈み込んだような様子もあったという話も出てはいるのです」

「他殺だとすると、どうなの？」

「体につけていた指輪や財布等は盗まれていませんので盗み目的は考えられません。また乱暴された形跡もありません。もっとも、被害者は五十五歳ですが」

「おいおい、そんなことはうちのカミさんの前で言うなよ。ヤッコさん、若いつもりだが、大木桂子さんと似たりよったりの歳なのだから」

「あ、これは失言でした」

谷口は頭を掻いた。

「もし殺しだとすると、怨恨のセンが強いというわけだね」

「まあそういうことになるでしょうが、ひょっとすると、変質者の犯行ということも考えられます。じつは、佐賀《さが》県のほうでは、中年女性ばかりを狙った、同じような手口の連続殺人事件が起きていて、いまだに解決されていないのです」

「ああ、その事件は知っているよ。やはり盗み目的でもなければ、暴行の形跡もないらしいね」

「そのとおりです。争ったような形跡がない点も、今回の事件と似通っています。その事件のために、市民の捜査当局に対する不信感が強まっておりまして……」

谷口検事は憂鬱そうな顔になった。

「しかし、この事件の場合は、竹西さんが殺されたことと無関係とも思えないから、まず怨恨による犯行と見ていいのだろうね」

「おっしゃるとおりです」

「高梨家内部の人間の犯行——という可能性はどうなのかな？」

「はあ、もちろん他殺の場合には、その疑いがもっとも強いと考えた上で、捜査を進めています」

「そう……」

和泉の脳裏には龍太郎をはじめとする、高梨一族の顔がつぎつぎと過《よぎ》っていった。

「ところで、竹西さんの遺体は大阪へ帰ったの？」

「はい、昨日の午後、先生がお発ちになってまもなく、遺体運搬車を呼んで、大阪へ向かいました」

「すると、奥さんも一緒？」

「はい、一緒に帰りました。警察の連中も数名が大阪へ派遣されたようです。じつは、けさ一番で、一族の人たちも葬儀のために大阪へ向かう予定だったのですが、この事件が発生したために、足止めを食う恰好になったというわけです。おそらく葬儀はすでに始まっている頃だと思われますが」

「なるほど……」

あいつぐ不幸な出来事で、高梨家は悲嘆と混乱の極にあるのだ。

事情聴取が終わったのだろう。まもなく居間の方角から廊下にドヤドヤと人が出てきたような気配がした。

「ちょっとお待ちください」

谷口は立って、部屋を出て行ったが、山内警部を連れて戻ってきた。

「あ、どうも、昨日は失礼をいたしました」

「いえ、こちらこそ。ご苦労さまです」

挨拶を交わして、すぐに谷口が状況を訊いた。

山内は長い事情聴取で疲れるどころか、むしろ興奮して精力的にさえ見えた。根っから刑事稼業が合う体質にちがいない。

「全員を居間に集めて、順次、別室に呼び入れて事情聴取をしました」

得意げに報告した。

「その結果、ちょっと耳寄りな話を聞くことができました」

「ほう、どういうことですか？」

「はあ……」

警部はチラッと和泉のほうを気にした。

「いや、こちらの先生なら、いろいろ捜査の相談に乗っていただくことにしたから、構いませんよ」

谷口は言った。和泉は（おやおや——）と思ったが、否定もしなかった。

「じつは、若いお手伝いがですね、一昨日の晩、竹西と大木桂子が話しているのを目撃したというのです」

「ん？　話していたというと？」

「はあ、それがどうも、コソコソと何やら内緒の話をしていたらしいというのです」

「内緒の話？　何ですかね？」

「どうも、その二人は、以前から何か怪しい様子があったとも言っております」

「怪しいとは、どういう？」

「つまり、情交関係を想像させるようなものであったようです」

「ふーん……」

谷口は眉をひそめ、腕組みをした。

その時、ドアをノックして、刑事が顔を覗かせた。

「警部、沢田《さわだ》君から電話が入っておりますが、こちらに回しましょうか？」

「ああ、そうしてくれ」

山内は言って、電話に向かった。電話は大阪へ行った刑事からのものらしい。かなり長く話してから、山内は谷口のほうに向き直って言った。

「大阪からの報告ですが、殺された竹西には、保険金がかなりの額、掛けてあったそうです。普通の保険のほかに、会社の経営者保険というのがあって、そっちが相当多額らしいのです。全部でおそらく数億になるだろうと言っております」

「ほうっ……」

「昨夜の通夜の席で、小耳に挟んだそうですが、竹西家の内情をよく知る者の話では、これで竹西の会社も持ち直したということのようです。竹西夫人の夏美が社長になって、会社を続けるとかいうことでした」

谷口は鋭い目付きになった。学生の頃は坊ちゃん坊ちゃんしたところのある男だったが、検事という職業が、彼をそういう目付きにしてしまったのだろうか——と、和泉は少しこだわった。

「夏美に男関係がないか、一応、調べてみたほうがいいですね」

谷口は提案し、山内も「そうするつもりです」と頷いた。

犯罪の陰に女あり——というが、竹西と大木桂子に関係があったように、竹西の妻・夏美の背後にも男がいるのではないか——という想像が二人の頭に閃《ひらめ》いたのだろう。

「あの、一昨日の晩というと、何時頃だったのですか？」

和泉は訊いた。

「ああ、竹西と大木桂子が話していたというやつですね。八時頃だったようですよ」

「そうすると、ぼくと竹西さんが『天井桟敷』へ行く前ということですか」

「そうです」

あの晩、竹西がどことなく落ち着かない様子だったのには、そういう事情があったのだろうか——。

「さっき谷口君には話したのだが、じつは、昨日のことですがね」と、和泉は麻子が阿蘇で大木桂子らしい女性を見かけたという話をした。

「それで、彼女が殺されたと知って、その時、車で拉致《らち》した男が犯人か——と思ったのですが、昨日の晩まで無事だったというのなら、どうやら別人だったのでしょう」

「なるほど、しかし、一応、念のために調べてみます。ええと、何時頃でしたか？」

「午後四時過ぎだったと思いますよ」

山内は手帳にメモした。

「さて、高梨家内部の人間の犯行かどうか、まだこの時点では何とも言いがたいかもしれないが、動機のありそうな人物というと、どういうことになりますか？」

谷口は山内に訊いた。

「これまでに当たった関係者はこれだけいます」

山内はポケットから人名の一覧表を出して、テーブルの上に置いた。

高梨龍太郎　七十二歳　高梨家当主
　　　春香　二十六歳　龍太郎の三女
高梨政次郎　六十八歳　龍太郎の弟　福岡在住
竹西夏美　三十八歳　龍太郎の長女・竹西秀二の妻　大阪在住
馬場亮介　三十二歳　大船在住　フリーライター
　　　秋野　三十二歳　龍太郎の次女・馬場の妻
宇田川信之　六十八歳　高梨家の執事
上森愛子　二十三歳　高梨家のお手伝い

「以上が高梨家の内部の人間ですが、これ以外に、尾川義久《よしひさ》という三十歳になる男を調べています。この人物については、和泉先生もご存じだそうですが、高梨春香のボーイフレンドというか恋人というか、そういう関係の男で、生涯教育センターのことにも熱心だということです」

「それで、この人たちの中で、竹西さんなり大木桂子さんなりを殺害する動機を持っている人物はいるのですか？」

和泉は訊いた。

「はあ、それは目下のところ調べ中ですが、すでに分かっている点は、龍太郎氏が死亡した際の膨大な遺産の相続にまつわる争い——ということが考えられます」

「その場合、動機のある人物は、馬場夫妻、春香さん、それと高梨政次郎氏に尾川青年ということになりますか。あとは竹西さんの奥さん——夏美さんと、かりにいるとすれば、彼女の不倫の相手ですね」

「ただし、大木桂子を殺害する動機とは結びつきそうにありません」

「さあ、それはどうですかね。竹西さん殺害の真相を大木さんが知っていたとすれば、動機はあることになりませんか」

「なるほど、それは確かにおっしゃるとおりですね」

「それで、大木桂子さんの死亡時刻のアリバイについては、どうなのですか？」

「まだ事情聴取を行なっただけで、裏付け調査はしておりませんが、昨夜の午後九時から十時までのアリバイがはっきりしているのは、じつのところ一人もいないと言っていいかと思います」

「えっ？　一人も、ですか？」

和泉は驚いた。谷口も興味深そうに身を乗り出した。

「はあ、いや、もちろん彼らはそれぞれ、自分のいた場所を主張していますが、第三者がそれを証明できるかとなると、かなり曖昧なのです。高梨家の連中は、それぞれ別々の部屋にいて、場合によっては窓から外へ出ることも可能でありますし、尾川にいたっては外出していて、ちょうどその時間帯には別府から車で帰ってくる途中だったといったような具合です」

「ふーん……」

和泉は人名のリストを眺めて、溜め息をついた。この内の誰が犯人であったとしても、憂鬱な結末にしかならない——と思った。

3

和泉は龍太郎の病室に戻ることにした。その途中の廊下で、馬場亮介と出会った。

「あ、和泉先生」と馬場は声をかけてきた。

「いやあ、お見《み》逸《そ》れしました。和泉さんは法律の大先生なのだそうですねえ。そんなことも知らず、失礼なことを申し上げて、恐縮しております」

深ぶかと頭を下げた。

「ははは、大先生なんて、とんでもありませんよ。目下のところ失業中の身の上です」

「いや、もうお隠しになってもだめです。私ももの書きの端くれでして、東京の友人に問い合わせたりして、先生のデータはちゃんと仕入れてあるのですからね。しかも谷口検事の恩師だそうじゃありませんか。谷口さんも若いが、九州地区では聞こえたエリート検事なのだそうですね。その先生とあれば、さぞかし名探偵なのでしょうね」

「おやおや、今度は名探偵ですか」

和泉は苦笑するしかない。

「先生、ちょっと私の推理を聞いていただけませんか」

馬場はあたりの様子を窺いながら、小声で言った。

「ほう、馬場さんの推理ですか。それはぜひともお聞きしたいものですねえ」

和泉はお世辞のつもりだったが、馬場はすぐにその気になって、和泉の腕を摑むと、廊下の隅に連れて行った。

「先生、ここだけの話ですが、私は竹西さんを殺した犯人を知っていますよ」

「犯人を？　まさか……」

「いえ、ほんとなんです。といっても、まあ、勘ですけどね。つまり第六感というやつです。しかし、犯罪捜査では、この勘がもっとも大切なのですよ」

「なるほど、それで、馬場さんの勘によると、犯人は誰ということになるのですか？」

「犯人は春香のボーイフレンドですよ。これは間違いない」

「春香さんのボーイフレンドというと、尾川さんですか？」

「そう、尾川ともう一人、森口という青年がいるのですが、これも怪しい。なぜかと言いますとね、尾川は生涯教育センターの実現にのめり込んでいるし、森口は湯布院演劇祭だか何かの推進に躍起になっているのです。そのどっちもカネがかかるものだから、春香が親父さんからもらう遺産をアテにしているのです。それを見破っているから、竹西さんは『下らない道楽に無駄金を使うことのないよう、親父さんに進言する』とか言って、さんざんにこき下ろしていました」

「しかし、それだけのことで、ああいう恐ろしい犯罪を犯しますかねえ」

「そりゃ、そういう悪評が親父さんの耳に入れば、当然、遺言書の中で春香への遺産の額がカットされますからね。連中にとっては大問題なのです」

「ほう、そういうものですか。だとすると、あなたもあまり彼らの悪口を言わないほうがいいのじゃありませんか？　次に狙われるのはあなたかもしれませんよ」

「え……」

馬場は絶句して、それから「いやなことを言わないでくださいよ」と苦笑しながら、手を振って行ってしまった。

龍太郎老人は和泉が戻ってくるのを心待ちにしていたらしい。和泉が静かに入ったにもかかわらず、すぐに気配を感知して、声をかけて寄越した。

「どげんなりました？」

弱々しい声だが、切実なひびきがあった。

「は？　……」

和泉はとっさに、どういう意図の質問か、判断しかねた。

「いや、誰が……」

老人は言いかけて、やめた。周囲にはまだ何人もの人間がいることに気付いたのだろう。医者と看護婦は帰ったが、代わりに執事の宇田川が加わっている。

龍太郎は宇田川に「おい」と目配せをして、席を外すように指示した。

「みなさん、あちらのお部屋に参りましょうか」

宇田川は言って、麻子と雄一、それに春香の順に頭を下げ、掌を上に向けて襖のほうに差し出した。

全員が退出して、広い部屋に龍太郎と和泉だけが残った。

「こっちへ……」

龍太郎は掠《かす》れ声で呼んだ。和泉は龍太郎の枕元にくっつくように、にじり寄った。

「ありがとう」と、龍太郎はまず言った。

「あの子は、ええ子じゃ」

「そうですね、いい子だと思います」

「うん、しっかりしちょる、目がいい」

老人は空間のどこかを見つめて、うっとりとした顔をしている。雄一のつぶらな瞳は、たしかに美しい。

「あれが、息子の子、じゃったら、ええ、思うちょる」

「たぶん、間違いなく、あなたのお孫さんだと思います」

「うん」

老人は頷いて、しばらく気息を整えてから言った。

「わしは、息子を、奪った女が、憎うてならんかった」

「…………」

「その子ォを、あんたが連れて、来おった、ことも、憎んどった」

「…………」

「けど、あの子を、見ちょると、わしがまちごうちょる、思えてきた」

「…………」

「あれは、息子……弘一に、よう、似ちょるきな……」

龍太郎は、はじめて幸福そうに微笑して、ゆっくり目を閉じた。

それきり何も言わなくなった。規則正しい息づかいが続く。

（眠ったか――）と和泉は思い、そっと体を起こしかけた時、老人は目を閉じたまま、言った。

「恐ろしいことが、起きちょる」

「は……」

和泉は坐り直した。

「浅ましい」

「は……」

答えようがない。

「あの子を、守って、やって、くれ」

老人は薄く開けた目で、和泉を見つめた。

「分かりました、しっかりお守りしましょう。ご安心ください」

和泉はあと先のことを考えずに、思わずそう言ってしまった。

「うん」と龍太郎は頷き、目を閉じ、今度こそ眠りに落ちた。

和泉はコソとも音を立てないように、そっと部屋を出た。

廊下のはずれに宇田川がじっと立っていて、和泉の姿が現れるのを見て、静かに近づいてきた。

「お部屋へご案内いたします」

この前とは違う、上等の客間に案内してくれた。そこには麻子も雄一もいた。

「だんな様は、先生ご夫妻を頼りにしておいでです。どうぞ、このお家のために、よろしくご尽力賜《たまわ》りますよう、わたくしからもお願い申し上げます」

宇田川は部屋を入ったところでそう言って、丁寧にお辞儀をして去った。

「たいへんなことになってきたね」

和泉は本心、そう思った。

「しかし、雄一君はお祖父さんに気に入られたようだ。いい子だと褒《ほ》めておられたよ」

「そう、それはよかったわねえ」

麻子は雄一の頭を撫でた。

「きみも、あのお祖父さんが好きかい？」

和泉は雄一に訊いた。

「うん……はい、好きです」

雄一は賢く答えた。しかし、それから少し考えて、口をすぼめるようにして、「だけど、ママのほうが好き」と言った。とたんに涙が溢れてきた。声を立てはしないが、ポロポロと涙がこぼれた。

「あらあら……」

麻子は慌てて雄一をかき抱き、ハンカチで顔を拭いてやったが、そういう自分も涙が止まらなくなっていた。

その日は夕方まで刑事が出入りして、高梨家は不安におののきながら、夜を迎えた。

午後八時過ぎ、思いがけなく大阪から夏美がやって来た。夫の葬儀をすませたばかりだというのに、颯爽とした印象があった。やはり、新社長に就任するという噂は、ほんとうのことなのだな——と、和泉は思った。

「親族会議を開きましょう」

来る早々、夏美は一族にそう言った。

「雄一にも出てもらうわ」

「えっ？」

これには、さすがに誰もが驚いた。

「雄一は無理だろう」

政次郎はみんなの気持ちを代弁して、言った。

「いいのよ、あの子かて、遺産を狙う一人いう意味から言えば、私らと対等やもの。会議に入れるべきやわ」

夏美の剣幕に圧倒されて、それ以上、異論を唱える者はなかった。結局、夏美の真意が分からないまま、雄一までもが会議に引っ張り出されることになった。

4

会議は居間で行なわれた。龍太郎老人の代わりとして、宇田川が出席した。雄一は宇田川と春香のあいだに小さく、坐った。

「今度のことで、私はやっとふんぎりがついたいうか、開き直ったいうか、とにかく女一匹、たくましく生きなあかん、思うたわ」

開口一番、夏美はそう言った。自分が高梨家の長女であるという事実を、一族の者たちにしろしめす——そういう気張った口調であった。

「竹西が死んで……殺されたいうのは悔しいけど、ほんま言うて、うちの会社が救われたことは事実なのよ。みんなかて、そう思うてるに違いない、ううん、ええのよ、分かっているんやから。あとは、犯人のことは警察に任せて、私は私なりの人生をつっ走らなあかん——そう思うたのよ」

夏美は一息ついて、それからさらに声を張り上げるように言った。

「私はもう言いたいことを言うつもりや。たとえば、雄一の件についても、遺産の額で雄一に贔屓みたいなことをしたら、お父さんかて許せん、思うのや」

全員が動揺して、それぞれ、たがいの顔を見交わした。

「弘一は一人息子には違いないけど、高梨家を捨てた人間よ。お父さんかて、かつては絶対に許すつもりはなかったんよ。それを、雄一の顔を見たさかい、ホロリときてしもうてから。この分やったら、雄一に遺産の半分を残すいうような、あほな遺言をせんともかぎらん思うわ。そんなことは断じて許すわけにはいかんのや。それどころか、ほんま言うたら、雄一にはビタ一文、払うべきやない、思うくらいや」

「まあまあ、義姉《ねえ》さん、なにもそんなに……」

馬場が見兼ねて、夏美を制止したけれど、夏美は自分の言葉に興奮したように、なおも言った。

「馬場さんは黙っとってちょうだい。大阪で弁護士さんに聞いたのやけど、戸籍謄本みたいなものだけでは、弘一の実子かどうか、認知が有効かどうか、分からへんのやそうや。お父さんの先が長《なご》うないいうことを、どこぞで聞いて、ノコノコ現れたいうのも、気に入らんわねえ」

一座は完全に白けきってしまった。

雄一は脅えて、春香の陰に隠れるようにしている。

「姉さん、そこまで言うのはひどすぎるのとちがう？」

春香は雄一を庇《かば》うようにして、言った。

「お父さんが兄さんのこと、気持ちの中で許したのは、親子だもの、当然のことじゃないの。雄一君だって、間違いなく兄さんの子供よ。こんなにそっくり似た他人なんて、いないもの」

「あほなこと言わんの。あんたは世間のことは何も分からへんのや。そやから、ああいう尾川やとか森口やとか、わけの分からん男どもに、いいように利用されて……」

「どういう意味、それ？　関係ないこと言わないでよ」

「関係ないことないわよ。あの連中かて、高梨家の財産を目当てに、あんたに取り入ってるのやないの。あんたは利用されてるだけなんよ」

「そんな……あんまり……」

春香は怒りと屈辱のために、体が震え、言葉がもつれた。

「夏美、そら言い過ぎだち」

政次郎が見兼ねて言った。

「あら、私はほんとのことを言っただけよ。叔父さんかて、相羽のインチキに乗っかって、生涯教育センターなんかにお金を注ぎ込もうとしてはるんでしょう。私は反対や、お父さんにも、そういうあほなところに使う金を残したらあかん、言うてやるつもりや」

「生涯教育センターが何でインチキなものか。立派な仕事じゃろが」

「ほんとうは立派なはずやけど、政治の金を集めるための、ただの飾り物とちがう?」

「そんなのとは違うわ」

「とにかく、私はそういう高梨家のためにならんようなことに、高梨家の財産を使うのには反対します。今度のうちの会社のピンチかて、いうてみれば、誰の世話にもならんと、自力で立ち直ったんやし、それなりのことは言わせてもらいます」

「あの……夏美お嬢様」

みんなが不愉快そうに沈黙した中から、末席の宇田川が恐る恐る言った。

「ん? 何?」

「会社が自力で立ち直ったというのは、少し違うかと思いますが」

「どうして?」

「竹西様はある人から、かなりの額のお金を借りておられましたので」

「竹西が、ふーん……誰に借りていたの。そんなお金、返してあげるわ。いったいいくらぐらい借りてたの?」

「三千万円ほどだと思います」

「三千万円……」

夏美はおうむ返しに言って、目を丸くした。夏美ばかりでなく、ほかの人々も宇田川の言葉に驚いた。

「いいわよ、三千万ぽっち、すぐに返してあげるわ」

「それがです、残念ながら、もはや返すことができないのです」

「返せない？　どうして？」

「お金を借りた先が、大木桂子さんだからです」

「えっ！……」

今度ばかりは、さすがの夏美も度胆を抜かれた。口を小さく開けたままの顔で、しばらく動けなかった。

「こんなことは、どなたにも話さずにおくつもりでありましたが……」

宇田川は静まり返った中で、ボソボソと言った。

「夏美様があまりにも独善的なことをおっしゃいますので、ご参考までに申し上げるのでございます」

宇田川のゆっくりした話し方が、夏美の傷ついた気持ちを逆撫でした。

「竹西様は、桂子さんとその……いわゆる不倫なご関係を結ばれまして、それをタネに桂子さんに借金の申し込みをなさったのであります。桂子さんは、これまでコツコツ貯めたお金を全部吐き出してしまって、早く返してくれるよう頼んだのですが、竹西様は相手にされなかったようです」

「えっ？　それじゃ、もしかすると、竹西さんを殺したのは……」

馬場が声をひそめて、言った。

「さようでございます。たぶん、桂子さんは竹西様を殺し、自分も死ぬようなことになったのではないかと、わたくしなどは、そう思っておりました」

寒々とした空気が部屋に流れた。

「宇田川さん、あんた、そのことを警察に言った？」

「いいえ、このようなことは、わたくしの一存では、たとえ口が裂けても口外できるはずがございません」

「だけど、宇田川さん、それ、ほんとにあったことなの？」

秋野が訊いた。

「はい、桂子さんが竹西様を殺したというのは、わたくしの想像ですが、それ以前のことはほんとうです」

宇田川はたんたんとした口調で言った。

「宇田川さんはそのこと、どうして知っているの？」

「桂子さんに聞きました。というより、あの人が泣いているのを見兼ねて、問い質したところ、そのようなことを申しておりました。もっとも、その時はまさかこんなことになるとは思ってもいなかったのですが」

「そうだったの……」

秋野は夏美のほうに向き直った。

「お姉さん、こういうこともあるのよ。自分だけなんて考えないで、少しは控え目にしていたほうがいいのとちがう？」

「…………」

夏美は顔から血の気が引いて、押し黙ってしまった。

「どうします？　これは警察に言うべきだと思いますが」

馬場が言った。

「言うほかはないじゃろう」

政次郎が、眉間に深い皺を寄せて、苦々しげに言った。

「警察はいずれ、そういう事実を知ってしまうに決まっちょる。そうなる前に、こちらから事実を明らかにしておかんと、かえって面倒なことになりかねん」

「しかし、お家の恥になることかと存じますが」

宇田川は困惑したように言った。

「やむを得んじゃろ。それに、高梨家の人間がやったことではないきに」

政次郎は冷淡に言った。竹西も大木桂子も、高梨家の血の入った人間ではないから、恥にはならない――という論理だ。

夏美は唇を嚙んだが、反発はしなかった。

5

親族会議で出された「結論」について、和泉は谷口から報告を受けた。

「なんとも後味の悪い話です」

谷口検事は端正な顔を歪めて、吐き出すように言った。夫が妻の実家のお手伝いと不倫関係にあって、そのお手伝いをゆすっていた。その挙句、殺され、お手伝いもまた、逃れられぬことと観念したのだろう、あとを追うように自殺してしまった――。

たしかに後味がいい話ではない。

「しかしきみ、近頃、この程度の事件はどこにでもあるじゃないか」

和泉は妙な慰めを言った。

捜査員たちは順次、高梨家から撤収して行った。しかし、完全に捜査を終結してしまうわけではない。裏付けの作業が必要だし、例の生涯教育センターの変死事件との関わりについては、まだ結論が出ていないのだ。

「残された問題は、あの事件と、政次郎氏や尾川青年との関係があるかないか――そのことです」

谷口は本来、そっちの事件の解明のために着任したのだ。

「振り出しに戻ったといえば、まあ、そういうことになりますか」

玄関まで送って行った和泉に、情けない笑顔を見せた。

「しかし、何はともあれ先生もようやく解放されるわけですね」

「ああ、これで晴れてフルムーン旅行というわけだが、パスのほうは、もう余すところ三日間しか有効期間がなくなってしまったよ」

「そうですか、とんだフルムーンになりましたね。しかし、これに懲《こ》りず、今度またいつか九州にお越しの節は、ぜひお声をかけてください」

「ははは、どうかな。きみに声をかけると、またぞろ事件に出くわしそうだ」

「ははは、それは言えますねえ」

最後は笑いながら別れた。

玄関から龍太郎の部屋に挨拶に行きかけて、廊下の向こうに宇田川の姿を見た。

宇田川は春香の部屋のドアの前に、向こう向きに佇《たたず》んで、じっと動かない。

和泉は無意識に、足音を忍ばせるように近づいた。

「どうしました?」

小声で言った。

宇田川はギクッとして振り向き、相手が和泉だと知ったとたん、ほっとして笑顔でお辞儀をした。

「ちょっと、中の様子がおかしいもので」

宇田川は部屋のドアを指差した。

中から春香の甲高い声が聞こえた。

「叔父さんのやり方は汚いわ」

そう言っている。それに対して、政次郎の低い声が何か言ったが、あまりよく聴き取れなかった。

「そういうのが不純だって言うんです。政治の道具に……」

「そうじゃないと言うちょるだろう」

今度は政次郎も強く言った。

「そうですよ、不純ですよ」

「おまえのそういう考え方こそ甘い、言うんじゃ……」

あとはまた聞こえなくなった。「理想ばかりで」とか、「儲け主義」とか、そういうやりとりが時たま洩れてくる。

「行きましょう」

和泉はさすがに気がひけて、宇田川を促すとドアの前を離れた。

「どういうことなのですか？」

歩きながら、宇田川に訊いた。

「はあ、あの生涯教育センタービルの活用について、お二人のご意見が嚙み合わないようでして」

宇田川は当惑しきったように、言った。

「話の様子だと、春香さんの理想主義に対して、政次郎さんが政治的な道具に利用しようという、そんな感じでしたが」

「はい、おっしゃるとおり、たぶんそのようなことかと思います。春香お嬢様は純粋に福祉のためをお考えですが、政次郎様のほうはやはり、いろいろと利害得失を元にお考えなさっておられるようで」

「なるほどねえ、若い人の理想は、ご老人の目から見ると、夢を見ているように頼りなく、危なっかしく思えるのかもしれない。まあ、そういう葛藤は永遠のテーマのようなものですね」

「はあ、さようで……」

宇田川は浮かない顔をしていた。

和泉は龍太郎の部屋に行き、明日の朝には失礼すると伝えた。

龍太郎老人は「もう少し……」というようなことを呟いていたが、強《し》いて残れ——

とまでは言わなかった。

「とにもかくにも、事件がひと段落しましたね」

和泉はあまり慰めにもならないと知りながら、そう言った。

「わしには、よう分からんのです」

老人は目をつぶって、首を振った。

「あの桂子が、なぜそのようなばかげたことをしちょったか……」

老人の気持ちを察すると、この部屋から立ち去りにくい。その和泉を救うかのように、お手伝いの上森愛子が呼びに来た。

「あの、先生に女の方からお電話が入ってますけど」

居間のほうの電話だという。

「誰だろう？……」

女——というのが気になった。思い当たるものがまるでない。高梨家にいることは、娘夫婦にも連絡していないのだ。

居間は広く、食堂と兼用になっており、さらにキッチンとも続いている。

居間には馬場夫妻が、ソファーで寛《くつろ》ぎながらテレビを見ていた。

キッチンには、遅くなった夕食の準備に忙しいお手伝い、それに何やら指図をする宇田川も居合わせた。

夏美は自分の部屋に籠もりっきりだし、春香と政次郎はまだやりあっているらしい。

「和泉ですが」

受話器を耳に当てて、言った。

「あ、和泉先生ですか？　あの、じつは、わたくし、雄一の母親でございます」

「えっ！　……」

和泉は思わず大声を発してしまった。四人の視線が、いっせいにこっちに集まるのを感じた。

「あ、あの、あまり大きなお声でお話しにならないでください」

相手は脅えたように言った。

「しかし……いや、まあいいでしょう。それで、どういう……いや、いろいろ訊きたいことばかりで、何から話していいのか混乱ぎみだが……」

「あの、ご迷惑をおかけしたことにつきましては、お詫び申し上げます。でも、その前に大切なことをお話しいたしますので、ちょっとお聞きいただけないでしょうか」

「うーん……分かりました、何ですか？」

和泉は自分の感情を最大限抑えて、嗄れた声で言った。

「じつは、たったいま、テレビのニュースを見まして、大木桂子さんが自殺なさったということを知りました」

「それで？」

「それは何かの間違いです」

「間違い？」

「はい」

「しかし事実、彼女は亡くなりましたよ」

「はい、そのことはいいのですが、自殺というのは間違いです」

「なぜです？」

「桂子さんは自殺するはずがないのです」

「自殺じゃない？」

「そうです、あの方は自殺なさるはずがありません。死んでしまったら、雄一の面倒を見ることができませんもの」

「なんですって？　……」

和泉は彼女の言っている意味が飲み込めなかった。

「それはどういうことなのですか？」

「じつは、雄一を高梨家に送るようにと勧めて下さったのは、桂子さんなのです」

「えっ？　……」

「桂子さんは、ずっと以前から、わたくしと弘一さんのことをご存じで、お祖父様のご容体が思わしくないいまを逃しては、永久に名乗り出るチャンスはないと、そうおっしゃって、雄一を高梨家に連れてくるよう、勧められたのです。でも、わたくしにはその気持ちがございませんので、そのままにしておくつもりでしたが、たまたま先生ご夫妻が九州へ行かれることを知って、せめて雄一だけでも――と、ほんとうに失礼かと思いましたけれど、あのようなことを……」

「驚いたなあ……しかし、あなた、ぼくたちが九州に来ることを、どうして知ったのですか？　いや、その前に、いったいあなたは何者なんですか？」

「正直に申し上げます。わたくしは、じつは、先生の励ます会がございました『本橋』で仲居を務めております、板坂《いたさか》みち子という者でございます」

「えっ、『本橋』の？　……なるほど、それで知っていたというわけですか」

和泉はこういう場合でなければ、笑い出したいくらいだった。

「そういうわけでございますので、雄一の行く末が確かでないこの時期に、桂子さんが自殺してしまうようなことは、絶対にございませんのです」

「うーん……」

和泉は唸った。

確かに板坂みち子の言うとおりだ――と思った。それは桂子が自殺したと知った時から、和泉自身が感じていた疑問だった。あの古くさいほど忠実な桂子が、義務を放棄して、さっさと自殺してしまうというのは、明らかに不自然なのだ。

「分かりました。そのことは考えることにしましょう。しかし、あなたがいつまでも隠れているのは許されないな。いますぐにでも九州に……湯布院に来なさい」

「はい、じつは、もう参っているのです」

「えっ？……」

和泉はまた意表を衝《つ》かれた。しかし、考えてみると、この程度の「自殺事件」は地元でしか放送されないかもしれない。

「お恥ずかしい話ですが、じっと東京にいるつもりでしたのに、どうしても心配で、こちらに参ってしまいました」

板坂みち子は、消え入るような声でそう言った。

「そう、そうなの……」

和泉はほっとするものを覚えた。もしそうでなければ、和泉はみち子を、人間として許す気にはなれなかっただろう。

「それで、いまはどこに？」

「はい、あの、亀の谷山荘という旅館におります」

亀の谷山荘は高梨家からそう遠くない。例の『天井桟敷』のある旅館だ。

「そうでしたか、分かりました。すぐにとは言わないが、いずれこちらのほうに来るようになると思っていなさいよ」

和泉は諭《さと》すように言って、ようやく受話器を置いた。

話の内容を大方察しているらしい顔々が、こっちを向いていた。

「雄一君の母親ですか？」

馬場が言った。

「そうです、はじめて名前が分かりましたよ。板坂さんというのだそうです」

「板坂雄一か……うん、いい名前だな」

馬場は感心したように言った。

「それはそうと、何か、自殺ではないようなことをおっしゃっていたようですが？」

宇田川が気掛かりそうに訊いた。

「どうもそのようですね。確かに、大木さんが自殺するのはおかしいのです」

「そうしますと、やっぱり殺されたということになりますか？」

「まずそうでしょうねえ。警察は捜査をやり直す必要がありますね」

「さようでしたか。そうすると、また大騒ぎになるのでしょうか」

宇田川は悲しそうに、眉根を寄せた。

第六章　金鱗湖《きんりんこ》畔に死す

1

雄一には母親が湯布院に来ていることを告げなかった。

「妙なものだね」

雄一の寝顔を見ながら、和泉は言った。

「母親が現れないうちは、ひどい女だ――なんて思っていたが、こうなってくると、まだしばらくは、この子を預かっていたいような気がしないでもない」

「ほんと……」

麻子もしみじみと言った。

「いい子ですもの、この子」

「幼い時にこういう体験をした子は、将来、どういう人間に育つのだろうねえ」

「何か悪い方向へ行ってしまうのかしら?」

「おとな社会の裏側みたいなものを、垣間見たわけだからね。ショックもきつかっただろうし、少し心配な気がするな」

「でも、私は大丈夫だと思うわ。この子にかぎって――と思うわ」

「かもしれないな。いや、そういう希望でもないと、やりきれないよ」

「そうねえ、子供って希望の星みたいなものなのね」

しんみり言って、雄一の蒲団を直してやった時、背後の窓ガラスを「コツコツ」と叩く音がして、麻子は飛び上がった。

「やだっ！……何なの？……」

和泉の傍にくっついて、カーテンの向こうを睨んだ。

またガラスを叩く音がした。和泉は立って行って、カーテンを引き開けた。

次の瞬間、和泉はギョッとして、思わず尻餅をつきかけた。麻子も「キャッ」と悲鳴を上げた。大声にならなかったのは、雄一の存在を意識して抑制がきいていたせいだ。

ガラスの向こうに、血塗《ちまみ》れの老人の顔があった。

「宇田川さん……」

和泉は急いで鍵をはずし、窓を開けた。それと同時に、宇田川は地面に崩れるように倒れ伏した。

それから大騒ぎになった。和泉は窓から飛び降り、麻子は廊下を走って行って、馬場に急を知らせた。

宇田川はじきに気がついたが、軽い脳震盪《のうしんとう》を起こしていたらしい。

和泉は馬場と協力して、宇田川をともかく居間に運び込み、額の傷の手当てをした。出血の割にはさほどひどい傷でなかったことが不幸中のさいわいであった。

少し遅れて秋野がパジャマにガウンを羽織った恰好でやって来た。

「何があったのですか？」

馬場が宇田川に訊いた。馬場は推理作家を目指しているにしては、ずいぶん臆病らしく、宇田川の顔が血で汚れているのを見て、声が震えた。

「裏庭で何か物音がしたので、見に行ったのです。そうしましたら、暗闇からいきなり黒い影が飛び出して、殴られました。瞬間、意識を失ったようで……」

「相手は誰か、分からなかったのですか？」

「はい、何しろ真っ暗でしたので」

「何者ですかね？」

馬場は和泉の顔を見た。

「とにかく、警察を呼びましょう」

「いいえ、それはおやめください」

宇田川は和泉を押し止めた。

「これ以上、ゴダゴタがあっては、高梨家のためになりません。これっぽっちの怪我でございますから、警察には知らせないでください」

「そうですか……」

和泉は馬場と目顔で同意して、結局、警察は呼ばないことにした。

その頃になって、ようやくお手伝いの愛子が起きてきた。さらに遅れて春香、夏美、最後に政次郎の順で龍太郎を除く全員が居間に集まった。

そのたびに誰もが驚いて、「どうしたの?」と訊き、それに対していちいち、馬場が答えた。警察を呼ばないことには、政次郎も賛成だった。

翌朝早く、和泉は庭に出て、窓の下の足跡を調べた。雨上がりの庭の土は柔らかかったために、靴跡は宇田川のと馬場のものが、はっきりと印されてあった。

和泉は夢中で窓から飛び下りたから、裸足だった。

その三つの足跡以外に、比較的新しい足跡がもう一つ、あった。

新しいが、三人の足跡より少し前に印されたものであることは、重なり具合から判断して、分かった。

和泉は下駄箱の中の靴を調べてみた。その足跡と合致する靴は、すぐに見つかった。すこし時代遅れの編み上げ靴で、底に摩耗を防ぐ鋲が打ってある。その鋲のおかげで、足跡ははっきり区別できた。

(高梨政次郎――)

和泉はおぞましい真相を見てしまったような、いやな気分であった。

政次郎はあの部屋の窓の下に来て、いったい何をしようとしていたのだろう？

――（まさか、雄一を――）

和泉はゾーッとした。

「何をしているのです？」

背後から声をかけられて、心臓が停まるかと思った。

政次郎がニコニコ笑いながら立っていた。

「はあ、靴が汚れているので、磨いておこうかと思いまして」

和泉は慌てて自分の靴を出して、ためつすがめつ、眺めるふりをした。

「そうか、今日お発《た》ちになるのでしたか。何やら寂しゅうなりますなあ」

どこまでが本心か分からないが、政次郎は実感の籠もった言い方をする。

「私も今日から忙しくなります」

「ほう、それでは、福岡のほうへお帰りですか？」

「いや、こっちに客が来ることになっておりましてな。役人みたいな連中だもんで、気疲れがするのです」

「役人……というと、例の生涯教育センターの件ですか？」

「そうそう、ようご存じですなあ」

「それじゃ、いよいよ実現に向けて動き始めるというわけですか」

「まあそういうことです。しかし、いろいろと前途多端ではありますがね」

「やはり、お金の問題ですか？」

「さよう、ああいう事業は金食い虫みたいなところがあります。軌道に乗るまでは、相当な出費を覚悟してかからにゃならん。当分のあいだは金集めとスポンサー探しですなあ。そのためには、利用できるものは何でも利用せないけんのです」

「たとえ悪徳政治家といえども、ですか」

「ん？……」

政次郎は一瞬、険しい目付きになった。

「ははは、なるほど、さすがに面白い冗談を言われる。確かにそのとおりですな。醜いアヒルの子も、ちゃんと育ってみれば白鳥かもしれんですからな。ははは……」

哲学的なことを言って、笑いながら行ってしまった。

「食えない男だ……」

和泉は政次郎の姿が見えなくなると、そう呟いて、手にした靴を下駄箱の中に、邪険に突っ込んだ。

部屋に戻ると、上森愛子が朝食の支度ができたと、呼びに来たところだった。

雄一はまだ眠そうな顔をしていた。昨夜の騒ぎでは雄一も目が醒めた。宇田川の血塗れの顔は見せなかったが、それでも興奮して、なかなか寝つかれなかったようだ。

朝の食卓には、客たちもすべて顔を揃えた。夏美も秋野も春香も、それぞれにさりげなく会話を交わしている。宇田川はキッチンのテーブルでお手伝いと一緒に食事をするのだが、政次郎に話しかけられると、何事もなかったような顔で応じた。額に貼った絆創膏《ばんそうこう》が、かえって滑稽にさえ見える。

まったく、何事もなかったのか――と思わせるような、穏やかな風景であった。

しかし、この風景は幕切れ近いドラマの、クライマックスを効果的にする、ほんの束の間の平穏なのかもしれない――と和泉は思った。

「和泉さんご夫妻は、今日、お発《た》ちになるそうだよ」

政次郎が言った。

「ほんとうにお世話になりました」

和泉と麻子は丁寧にお辞儀をした。全員がそれに返礼した。

「雄一君は？」

夏美が訊いた。和泉はもちろん、全員がドキッとした顔を見交わした。

「雄一君は残ってもええのやろ？　もし帰るのやったら、今度はお母さんと一緒にいらっしゃい」

夏美の言葉に、和泉はあっけに取られた。

「はい、ママにそう言います」

雄一ははっきりした声で答えた。

「そう、ええ子やねえ」

麻子は慌ててハンカチを出して、涙を拭いている。

ほかの者たちは、それぞれに複雑な想いにとらわれているのだろう。誰も声を発しなかった。

その中で和泉は、キッチンにいる宇田川が、人差指と中指で、すばやく涙を拭っているのを見て取った。

食後、和泉は麻子を伴って、龍太郎に別れの挨拶に行って、その時、雄一の母親が湯布院に来ていることを告げた。

「ほかの皆さんには話していません。ご当主のお考え次第で、どのようにするか、決めたいと思っています」

和泉は言って、龍太郎の反応を待った。

「来るがいいと伝えてやってください」

龍太郎はそれだけを言った。それだけ聞けば充分でもあった。

駅まで、春香の運転する車で送ってもらうことになった。雄一を助手席に乗せ、見送りに出た高梨家の人々に、手を振って別れを告げた。

玄関先から車は大きく迂回《うかい》して道路に出る。石段の前にさしかかった時、宇田川が下りてきて、ストップをかけた。

「先生、恐縮ですが、これをあとでご覧になってください」

宇田川は窓から封書を差し入れ、すぐに車を離れた。

「何だろう？」

和泉は封書を開こうとしたが、宇田川が「あとで」と言っていたのが気になって、ポケットに仕舞った。

「春香さん、ちょっと亀の谷山荘に寄ってくれませんか」

和泉は言った。

「はい」

春香は怪訝《けげん》そうに答え、亀の谷山荘への道を曲がった。

「あなたにだけはお話ししておいたほうがいいと思いましてね」

和泉は言って、旅館に着くと、四人うち揃って玄関を入った。

板坂みち子は転げるようにして、ロビーに現れた。

「ママ……」

雄一は信じられないことのように言って、母親にしがみつくと、ワッと泣き出した。

「お母さん？……」

春香も驚いた。

「やあ、あなたでしたか」

和泉も驚きの声を上げた。雄一の母親は、なんのことはない、名前こそ知らなかったが、『本橋』でしょっちゅう顔を見る馴染みの仲居であった。

「このたびは、ほんとうにありがとうございました」

板坂みち子は涙ぐみながら、床に坐り込んで、何度も頭を下げた。

「こちらが高梨春香さんです」

和泉は紹介した。

「はい、お顔はお写真で拝見して、よく存じております」

みち子はそう言って、春香にも丁寧に頭を下げ、礼を述べた。春香のほうが狼狽《ろうばい》して、挨拶も支離滅裂なことを言った。

2

「大木桂子さんが、どうしてもと勧めてくださるのですけど、私は何度もお断り申し上げたのです」

板坂みち子は和泉にはいささかくどく感じられるほど、その言葉を繰り返した。

しかし、みち子にしてみれば、そのことだけははっきりしておきたかったのだろう。財産目当てで名乗りを挙げた——と思われては、つらいにちがいない。

「もういいんです、分かりますよ」

さすがに、春香はそう言ってみち子の弁解にストップをかけた。

「兄が亡くなってもう四年ですもの、あなたがそういうお気持ちだということは、誰だって認めます」

みち子は「ほーっ……」と吐息をついた。

「ありがとうございます。そうおっしゃっていただけて、私は……」

涙ぐんで、言葉が途切れた。それから和泉のほうを向いて、躊躇《ためら》いながら訊いた。

「わたくしはどうしたらいいのでしょう？」

「え？」

和泉はみち子の質問の意味が分からずに、問い返した。

「あの、このままこの子を連れて帰って、いいのでしょうか？」

「いや、それはまずいんじゃないかな」

和泉はうろたえて、春香に「ねえ？」と同意を求めた。

「ええ、帰るなんて、そんなのだめですよ」

春香は呆れたように言った。

「そう、龍太郎さんも高梨家に来るように、言ってましたよ。そうそう、そのことをあなたに伝えなければいけなかったのです」

「でも、わたくしはお店を休んで参りましたので、のんびりはしていられません」

「驚いたなあ……」

和泉は笑い出した。

「いまはお店どころじゃないんじゃないですか？　高梨さんのお宅にとってももちろんだが、この子にとっては一生を左右する、重大な時ですよ」

東京に住んでいながら、まるで山奥にでもいたような朴訥《ぼくとつ》なものをみち子に感じて、ほのぼのとした気分であった。高梨弘一は、みち子のそういうところを愛したのかもしれない。

みち子は叱られたと勘違いしたのか、「はあ、すみません」と頭を下げた。

「とにかく、今日か明日、高梨さんのお宅に行きなさい。あとのことは、龍太郎さんがお決めになるでしょう」

言いながら、和泉はふっと、政次郎のことを思い浮かべた。

「それから……そう、雄一君をしっかり見ていたほうがいい」

「はあ……」

みち子は和泉の言葉の意味が分からないまま、頷いた。

由布院駅で板坂母子と春香は、列車が出るまで見送ってくれた。走りだしてすぐ、由布院盆地の風景は見えなくなる。それから二時間半――博多駅に着くまで、和泉夫婦の会話は弾まなかった。

「なんだか、ずっと気になって……」

麻子は浮かない顔で言った。和泉も言葉には出さないものの、高梨家のこと、雄一の安否がいつも心に引っ掛かっていた。

あてのなかった旅だったが、最後にきて、目的地を長崎に定めた。もっとも九州らしいところといえば、阿蘇、天草《あまくさ》、鹿児島、宮崎、長崎――ということになる。阿蘇は行ったし、残る中でもっとも行きやすそうなのは長崎であった。

「ほんとうは全部回れたのにねえ」

麻子は残念そうだ。

「また来ればいいさ」

和泉は慰めを言ったが、この次は北海道の予定だし、はたして、ふたたび九州旅行ができるかどうか、心許《こころもと》ない気もしないではなかった。

博多から長崎までは約二時間、想像していたより近い距離だ。鳥栖《とす》、佐賀、諫早《いさはや》……と、いかにも九州らしい名前の駅が続く。

「帰りに有田《ありた》に寄って、瀬戸物を買って行きましょうよ」

麻子は思いついて言った。

「ばかだな、有田は瀬戸物じゃないだろう」

「あら、瀬戸物の産地ですよ」

「そうじゃなくてさ、有田は有田焼というんだよ」

「あら、そうなの？」

「まったく、何も知らないんだな」

和泉は笑った。

「どこへも連れて行かないから、そういうことになるのですよ」

麻子は真顔で憤慨している。

四時過ぎにホテルに入った。市街地の背後の丘にある、眺めのいいホテルだった。

夕食前に駆け足で市内見物をした。浦上《うらかみ》天主堂、平和公園、大浦《おおうら》天主堂をタクシーで見て回り、めがね橋のあたりを散策して、日暮れ前にホテルに戻った。

ホテルの浴衣《ゆかた》と丹前に着替えようとして、和泉は洋服の内ポケットに入れていた、宇田川の封書を思い出した。

取り出して広げると、便箋三枚に几帳面な文字が綴られていた。

この様な事を先生にお伝えすることは、大変失礼かとは存じましたが、他の何方《どなた》にもお話し申し上げるわけにも参りませず、致し方なく、このお手紙をお渡し申し上げる次第でございます。

私は十七歳の時より高梨家に御奉公いたしまして、五十年の長きをお世話いただきました。御当主龍太郎様にはことのほか御信頼を賜《たまわ》りまして、高梨家の御内証をお任しいただいておる身分でございます。

ところが、ここ二年ほど前より、御舎弟政次郎様の御無心に対して、十数次にわたり御融通申し上げるような不始末が出来《しゅったい》いたしました。使途はもちろん生涯教育センターに関わる、政治家某氏への献金が主でございます。私は何度もお諌《いさ》め申したのでございますが、もう少しもう少しという懇望もだしがたく、融資を繰り返しましたる金額が、合計四千万円にも上り、もはや御返済もままならぬ御様子でございます。

私は再三御催促いたしましたのですが、かえって追加融資を強要される始末にて、近頃では、おまえの不正経理を糾弾してやるぞと逆に脅迫めいた事まで仰せでございます。

私が政次郎様に御融通いたしましたのは、確かにお家の定めに背《そむ》きました不正でございますれば、政次郎様のおっしゃることに反発する事もならず、やむなく融資の上乗せに応じて参りました。

しかしもはや限界でございます。そこで、私は政次郎様に、龍太郎様他の皆様にこの件を一部始終申し上げると最後通牒をつきつける所存でございました。その申し入れを行ないましたところ、政次郎様はいたくお怒りになって、私を打擲《ちょうちゃく》いたしました。それが昨夜の事件でございます。

御当主様の御病状は残念ながら、はかばかしくございません。財産の管理を委任されております私の立場は、すでにギリギリまで追い詰められておりますので、政次郎様にいかなるお叱りを頂戴しようと、融資の件につきましては皆様に申し上げる所存でございます。ただ、私の身の上に万一の事が無きにしもあらずでございます。その節は何卒、先生のお口添えをもちまして、雄一様の家督御継承の運びに相成りますよう、伏してお願い申し上げる次第でございます。

宇田川信之

和泉はいやな気分であった。それ以上に、何か不吉な予感を覚えた。折角、これからフルムーンの残りを楽しもうという矢先のことである。

「何でしたの？」

麻子が首をのばして、覗こうとするのを、「いや、何でもない」と手を振って、手紙は洋服のポケットに戻した。

長崎の暮色は美しい。ホテルの窓から、夕闇に沈む街のむこう、はるか東シナ海までつづく空が茜《あかね》色に染まり、紫の薄雲が棚引くさまは、忘れられないパノラマだ。

ここは日本旅館風のサービスができる観光ホテルで、長崎名物のしっぽく料理を出してくれた。少し中国風の味つけをした刺身料理といったところだ。

「湯布院のすき焼や地鶏もいいけど、おれはやっぱり魚料理がいいなあ」

歩き回ったせいもあって、和泉は久し振りに健啖《けんたん》ぶりを見せた。

「肉より魚っていうの、老化現象の一つなんだそうよ」

「いやなことを言うなよ」

和泉は苦笑したが、そう言う麻子も若者ほどによく食べた。

外の気配も春めいて、長崎の夜は穏やかに更《ふ》けてゆくかに思えた。

寝入りばなを電話のベルに叩き起こされた。反射的に枕元の腕時計を見ると、一時十分を指している。

——外線からお電話です——と、交換の声も眠そうだった。

「先生ですか、あの、板坂でございます、板坂みち子、雄一の母親でございます」

「分かりますよ」

和泉は焦《じ》れて、きつい声を出した。

「どうしたのです？」

訊きながら、言いようのない不安が湧いてきた。

（雄一の身に何かあったのか――）

そう思わせるような、みち子の緊迫した声音であった。

「あの、また人が、あの、殺されました……」

「なに！……」

和泉は蒲団の上に坐り直した。

「殺されたって？　誰が？」

和泉の声に麻子も驚いて、起きてきた。

「宇田川さんです、高梨さんのお宅の、あの、執事をなさっていらっしゃる、宇田川さんですが……」

「知ってます、宇田川さんなら……しかし、どうして……」

「よく分かりませんが、たったいま、春香さんから知らせてきて……」

「そう、分かりました。それじゃね、とにかく、明日の朝、そちらへ向かいます」

電話を切った瞬間、寒気が襲ってきて、和泉は慌てて蒲団の中に潜り込んだ。

「殺されたって、あの、宇田川さんが殺されたんですか？」

「うん、どうもそうらしい……ん？　しかし彼女、どうしてここが分かったのかな？」

「ああ、それは私が電話しておいたからですよ。なんだか気になって、一応、ここにいることだけ知らせておきました」

「そうか……」

余計なことを——と言うべきか、偉い——と褒めるべきか、和泉には分からなくなっていた。

3

宇田川の死体は金鱗湖のほとりで発見された。時刻は午後十時頃。発見者は付近の旅館に宿泊しているグループ客の、若い男女である。

二人は金鱗湖畔の散歩道を歩いていて、湖に頭を突っ込みそうな恰好で倒れている宇田川を発見した。

最初、まさか死んでいるとは思わなかったので、二人は宇田川に駆け寄った。しかし、その時点ではすでに宇田川は死亡していた。そのことは、解剖所見でも明らかで、宇田川は、死後約一時間は経過しているものと見られた。

若いアベックは仲間に内緒のデートだっただけに困惑したが、仕方なく旅館に戻り、警察に通報した。

警察が現場に駆けつけたのは、十時三十二分と記録されている。

現場での所見で、医師は青酸性毒物による中毒死の疑いがあることを指摘、警察は直ちに付近一帯を立ち入り禁止にして、実況検分に当たった。

深夜でもあるし、付近は山林のような場所だけに、遺留物の捜索は難しかったが、少なくとも、死体の近くには、毒物を入れたと思われるような容器がなかった。

そのため、警察は他殺事件と断定して、大分県警から応援を派遣、所轄署内に捜査本部を設置した。湯布院町では連続して変死事件が発生しており、ことに高梨家での死者は三人目とあって、猟奇的な事件の様相さえ呈してきた。

毒物の容器は夜が明けて、人海戦術での捜索が可能になってまもなく、現場から五十メートルあまり離れた林の中から発見された。ごく一般的に市販されている缶コーヒーで、缶の中身はまだわずかに残っており、しかも液体から青酸性毒物が検出された。

缶コーヒーの残留液の状態から見て、捨ててまもないものであることが分かり、さらに缶から宇田川の指紋が採取されて、その缶コーヒーが殺害に使用されたものであると断定された。

缶には宇田川のもののほかに、数個の指紋がついていた。その指紋が犯人のものである可能性が強い。

宇田川の昨夜の行動は、日頃の彼を知る者の目には、少し異様に映ったという。

「夕方時分からなんだか落ち着かなくて、怖いような顔をしていました」

高梨家のお手伝い上森愛子はそう証言している。

八時少し過ぎ頃、「ちょっと出てくる」と言い残して出掛けたのが、生きている宇田川を見た最後になったという。

警察は高梨家のその他の人間の行動を、ひととおり聴取した。

ほとんどの人間が高梨家の中にいたと言っている。ただし、それぞれ、完全に一歩も外に出ていないかとなると、第三者の証明は取りにくい。

その中で、高梨政次郎だけは、明らかに外出していることが分かった。

政次郎は食事がすんだあと、しばらく居間でテレビを見ていたが、午後八時頃になって居間を出て行った。宇田川が外出する直前といっていいタイミングだ。

本人の話によると、そのあと自室に戻り、少し調べ物をしてから、カーディガンを着て外へ出たということであった。したがって、宇田川よりは二、三十分遅れている。

行き先は『天井桟敷』。

『天井桟敷』に着いたのは九時過ぎ頃であったそうだ。そのことは『天井桟敷』のマスターと従業員が証明している。

「外で宇田川さんと会いませんでしたか？」

警察の質問に、政次郎は「いいえ」と答えている。

だが、念のために政次郎の指紋を缶コーヒーの指紋と照合してみると、これがなんと、ピタリ一致した。

「この缶コーヒーに見憶えはありませんか？」

刑事はビニール袋に入れた証拠物件を政次郎に見せた。

「ああ、その缶コーヒーなら、いつもこの家で飲んでいるヤツでしょうが」

「昨日も飲みましたか？」

「ええ、飲みましたよ。最近は酒が弱くなったもんで、ときどきこれをやっています」

「誰と飲みました？」

「誰と？　いや、一人でです。冷蔵庫にあるのを勝手に出して飲んだのです」

「何時頃？」

「時間は……二時頃じゃなかったかな」

「夜ではないのですか？」

「夜？　いや、夜は飲みません。夜は『天井桟敷』へ行きましたでな」

「『天井桟敷』の行きか帰りに、金鱗湖の近くを通りましたか？」

「ああ、『天井桟敷』は金鱗湖の近くですので、通ったといえば通りましたな」

「宇田川さんが死んでいた現場は通らなかったのですか？」

「ああ、あっちは通りませんよ」

「一人で？」

「もちろん、一人です」

「宇田川さんと一緒じゃなかったですか？」

「何を言っているんだ」

政次郎は感情を抑制して喋っていたが、さすがにムッとなった。

「あんた、まるでわしが犯人でもあるかのように言うちょるが、どういうつもりなんじゃ？」

「いや、べつにそういうわけではありませんよ。ごくふつうにお訊きしているだけです」

刑事は政次郎が興奮してくれるのを期待して、ニヤニヤ笑った。

「ただですね、この缶コーヒーに、あなたの指紋が付着していたものですからね、どういうことかと思い、お訊きするのです」

「ふーん……」

政次郎はさすがに怯《ひる》んだ。

「そしたら、あれじゃないかな。昨日、わしが冷蔵庫から出す際、ほかの缶にも触ったのかもしれんですな」

「なるほど……それじゃ訊きますが、あなたの飲んだ缶コーヒーの缶はどこに捨てましたか？」

「それは……この家の台所にある、ゴミ捨てに捨てましたよ」

「しかし、そこは探しましたし、お手伝いさんにも訊きましたが、昨日は缶コーヒーの缶は捨ててなかったそうですよ」

「そんなはずはない」

「はずはないと言っても、事実なのだから仕方がないでしょう。その代わり、この缶がですね、宇田川さんが亡くなっていた場所の近くに捨ててあったのです」

「そ、それは、どういうことかね？」

「まあ、常識的にいえば、犯人が投げ捨てて行ったと考えるしかないのですがね」

「…………」

政次郎は絶句した。

「どうですか？　思い出していただけませんかね、あの林の中に投げ捨てたのではありませんか？」

「なに？　ば、ばかなこと言うな！　これは何かの陰謀だ」

政次郎は憤然として席を立った。刑事が制止したが、そのままドアを蹴破るようにして部屋を出て行った。

捜査員の報告を受けて、谷口検事は政次郎逮捕にもってゆけるかどうか、苦慮しないわけにいかなかった。缶コーヒーに政次郎の指紋がついていたからといって、それだけで缶コーヒーに毒物を混入したのが政次郎であると断定するわけにはいかない。早い話、政次郎が触れた缶コーヒーに、後から、別の人物が毒物を入れることだって可能なのだ。

ただ、状況からいって、宇田川がどこか屋外で缶コーヒーを飲まされ、死体を金鱗湖畔に遺棄されたということだけは間違いなさそうであった。その飲まされた場所は、缶が捨てられていた林の近く——と考えられる。

午後二時過ぎ、高梨家を三度、和泉夫妻が訪れた。

高梨家の人々は、いまや悪魔にみいられたとしか思えない屋敷の、それぞれの部屋に散って、じっと息をひそめ、災難が通り過ぎてゆくのを待っているように思えた。

夫妻を出迎えたお手伝いの愛子の顔色は青ざめ、和泉夫妻にさえ脅えた目を向けた。彼女はおそらく、出来ることなら、この呪われた屋敷から、さっさと逃げ出したいにちがいない。

「雄一君はどうしてます？」

和泉は愛子に訊いた。

「亀の谷山荘のお母さんのところに行かれましたけど」

「そう、それはいい」

雄一の無事を知って、ひとまずほっとした――というのが、和泉の本音であった。

捜査員はいったん引き上げたが、高梨家の一族には禁足令が出されている。

和泉は春香を呼んでもらって、応接室でことの次第を聞いた。春香は頼りにしていた宇田川の死に、涙も出ないほどの衝撃を受けている様子だった。

「警察は政次郎叔父さんを疑っているみたいです」

春香はそう言った。

「そうですか……」

やはり――と和泉は思った。

「政次郎さんは何とおっしゃっているのですか？」

「もちろん、そんなことは知らないと言っています」

「あなたはどう思っているのですか？」

「私は……私だって、そんなこと、考えられません」

春香は苦しそうに答えた。

「もしお加減がよければ、お父さんに会わせていただきたいのですが」

「ええ、たぶん大丈夫だと思いますけど」

春香は龍太郎の部屋に入って、和泉が来たことを告げた。龍太郎はすぐに会いたいと言った。

和泉は一人で老人の部屋に入った。春香が同席しようとするのを、目顔で断った。

龍太郎は目ばかりが鋭い光を浮かべ、あたかも、襲いくる悪魔と戦っている、孤独な老将軍のように見えた。

「どうなっちょるのでしょうなあ」

龍太郎は和泉の顔を見るなり、笑いながら言った。不屈の精神力が、彼に笑顔を見せる余裕を与えているのか、それとも、自棄的な嘲笑なのか……。

「じつは、ご主人にお見せしなければならないものを持参しました」

「ほう、何でしょうな？」

和泉は宇田川の「手紙」を渡した。

龍太郎は痩せた腕を伸ばして手紙を受け取り、震える手で広げた。

「これは……」

読みながら、龍太郎は蒼白になった。

長い沈黙の時が流れた。龍太郎はカッと見開いた目で天井を睨み、「ハッ、ハッ」と荒い息をしていた。

和泉は胡座《あぐら》の膝に手を置き、ダルマのように動かない。

「なんたること……」

龍太郎はようやく言った。

「このことは、ほかに誰か？」

「いえ、どなたにも伝えておりません。もちろん警察にも、です」

「そうでしたか……いや、お心遣い、ありがとうございます」

龍太郎は苦しそうに頭を傾け、謝意を表した。

「先生のご好意にお縋《すが》りするしかないが、この死に損ないの老人の、最後の頼みをお聞きいただけませんかな」

「はあ、どうぞおっしゃってください」

「といっても、ご無理なお願いかとは思うが……この手紙、なんとか、伏せたままにしておいてはいただけますまいか」

「…………」

和泉は老人の目を見た。地獄の底から救いを求めるような、必死の瞳であった。

「分かりました。私は見なかったことにしましょう」

「ありがとうございます」

龍太郎はまた頭を傾け、直後、脱力したように、ガクンと枕の上に頭を落とした。

「あ、大丈夫ですか？」

和泉は不安になって、老人の目を覗き込んだ。

「大丈夫……まだ死ねんです」

老人はニヤリと笑った。

4

夕刻、谷口検事がやってきた。

「あ、先生、いらっしゃっていたのですか。またお会いできましたねえ」

玄関で顔を合わせると、谷口は思わず嬉しそうな顔をしたが、場所柄を思い出して、慌てて怖い顔を作った。

和泉は谷口を応接室に連れ込んだ。

「えらいことになったねえ」

「ええ、ますます複雑怪奇な様相を呈してきました」

「警察は高梨政次郎を容疑の対象にしているそうじゃないか」

和泉は言った。

「ええ、まあそうなのですがね」

二人のほかには誰もいない応接室だが、谷口は周囲の気配に気を配り、声をひそめた。

「捜査員は政次郎に対する逮捕状を請求したい意向なのですが、現段階ではそこまではとても無理です」

谷口は手を振って言った。

「心証としては、私だって連中と同じ考えですよ。しかし、政次郎氏を犯人と決めつけることができない理由の最大のものは、何といっても、政次郎氏に宇田川殺害の動機があるように思えないという点なのです」

宇田川の殺され方を見れば、明らかに計画的な犯行と考えられる。しかし、政次郎には宇田川をそうまでして殺害しなければならない理由がないのである。少なくとも、警察が探り出した範囲では、政次郎に宇田川殺害の動機はなかった。

「政次郎氏と宇田川さんは同年齢なんですよね。宇田川さんは十七歳の時から高梨家に奉公に上がっていまして、政次郎氏とは主従関係とはいえ、同じ時代を同じように生きてきたという意味では、たがいに通じあうものがあったことでしょう」

谷口はこれまでのデータを自ら確認するように、和泉に向けて喋った。

「実際、若い頃の政次郎氏は、血気にまかせて……というようなところがありまして、宇田川さんを引っ張り回して、ずいぶん困らせるようなこともしていたそうです。戦争が始まるとまもなく、政次郎氏は徴兵で戦争に行ったのに対して、宇田川さんは虚弱な体質が幸い（?）して、徴兵を免れたのですね。その当時、龍太郎氏は北九州の軍需工場に勤務していて、宇田川さんはいわば高梨家唯一の若い男手であったというわけです。そういうこともあって、宇田川さんは高梨家のために、まさに身を粉《こ》にして働いた。終戦後の大変動期、高梨家が瓦解《がかい》の危機に瀕した際も、宇田川さんのはたらきでなんとか乗り切ることができたという点からいっても、宇田川さんを恨んだり、殺害しなければならない動機などというものが、あろうはずもないのです」

結局、それが谷口の結論であった。谷口が引き上げたあと、彼のボヤキのような言葉を反芻《はんすう》して、和泉は複雑な想いに悩まされることになった。

警察や谷口に、あの宇田川の「遺書」を公開したら、彼らは躍り上がって喜ぶことだろう。あれこそ、まさに宇田川殺害の動機そのものといっていい。

話すのが正義なのか、言わないのが正義なのか、正直なところ、法律学者の和泉にしても、判断に窮した。

それにしても、宇田川がもし政次郎に殺されたのだとすると、なんとも報《むく》われない人生だったことになる。

　宇田川は使用人でありながら、高梨家の恩人でもあった。昔ふうにいえば「滅私奉公」である。そして、あげくの果て、高梨家のお家の事情のとばっちりを受けて殺された――。

「滅私奉公か……」

　和泉はやれきれない想いで呟いた。

「何ですって？」

　麻子が聞き耳を立てて、訊いた。

「いや、戦時中、そういうことを言っていたのを思い出してさ」

「ふーん」

「そんな単語は、現代ではとっくに死語になっているのかと思っていたが、宇田川氏の場合にはいちばん適切な表現なんだな」

「そうなんですか」

「ああ、谷口の話によると、宇田川さんは、高梨家のために、ほとんど一生を捧げ尽くしてきた人らしい」

「そうなんですか……だったら、かわいそうねえ、死ぬ時も高梨家のために殺されるなんて……」

「おいおい、それはまだ分からないよ」

「あら、だって、警察は政次郎さんを疑っているのでしょう?」

「疑ってはいるが、しかし、それはまだ、捜査段階のことだからね、軽々しく口にすべきじゃないよ」

「そうなの……でも、みなさん、そう思っているみたい。板坂さんも言ってらしたし、お手伝いさんもね」

「ほんとか? ……そりゃまずいな」

みち子が言うのならまだしも、高梨家のお手伝いまでが、そういう噂をしているというのは好ましいことではない。

「ほんとうのところはどうなの? あなたには分かっているんでしょう?」

「いや、おれは……どちらとも言えないな」

「水臭いわねえ、ほんとに。教えてくださったっていいじゃありませんか」

「いや、だめだめ、夫婦間といえども、守秘義務がある」

「呆れた……」

麻子は怒る気もないらしい。

「でも、あれねえ、もし政次郎さんに殺されたのだとすると、宇田川さんは文字どおり、最後の最後まで、高梨家のために滅私奉公したっていうわけねえ」

「ああ、そういうことになるのかなあ」

苦笑して言いながら、その時、和泉は麻子の言葉が妙に気になった。遅い夕食のテーブルに呼ばれて行くと、政次郎と馬場だけが席についていて、あとはお手伝いの愛子が、お給仕役に控えているだけだった。

「やあ先生、いま熱燗《あつかん》を頼みましたのでね、景気づけに一杯やりませんか」

政次郎は空《から》元気と分かる声を上げた。和泉夫妻が来るまで、馬場とのあいだに会話らしい会話が交わされていた気配はなかった。

酒が運ばれて、政次郎が「さ、どうぞ」と徳利をつきつけた。和泉は仕方なく杯を手にしたが、酒が注がれる瞬間、「毒」のことが頭をかすめた。

「警察のやつらは、何を考えているのか、さっぱり分かりませんな」

政次郎は不愉快そうに言った。

「それと、あの谷口という検事。あの若造の憎たらしいことちゅうたら……」

「そうですか、それは申し訳ありません」

和泉は頭を下げた。

「は？　どういう意味です？」

「谷口検事は、私の教え子でありまして、私は教壇にありました時、いやしくも法律家たるもの、神のごとくに厳正であれなどと申しておりまして」

「…………」

政次郎は鼻の頭に皺を寄せて、不味《まず》そうに酒をあおった。

まったく、飲む酒も不味かったにちがいない。和泉は食事も喉を通らないほどに不味く感じた。

「和泉先生はいつ東京へ？」

馬場が小声で訊いた。推理作家志望のこの男も、自分の空想力をはるかに上回る奇怪な事実の連続に遭遇して、さっぱり気勢のあがらない様子だ。

「明日には東京に引き上げます」

和泉は言った。

「えっ？　もうお帰りですか……」

馬場は心細そうに、情けない顔を見せた。

「はあ、もう少し状況がはっきりするまでは——と思っているのですが、そういつまでもこちらにお邪魔しているわけにもいきませんので」

フルムーンの期間も終わりますので——とは言わなかった。

「羨ましいな、私も逃げ出したいですよ」

「逃げたらよかろうが」

政次郎がゴツい口調で言った。

「逃げたいやつは逃げたらよか。兄貴が死んだら、遺産は間違いのう、送ってやるけによ。これ以上、高梨の家におっても、ロクなことはないけんな」

「いや、そういう意味で言ったんじゃありませんよ」

「そういう意味でなけりゃ、どういう意味じゃい？　湯布院から逃げられん者のこつをば、ちょっとは考えんかい」

「はあ、すみません」

気まずい空気になった。馬場は、食事もそこそこに、出て行った。和泉夫妻も早ばやと部屋に引き上げた。

誰もがじっと息を殺しているような、重苦しい空気の中で、時間だけは確実に流れてゆき、ついにフルムーン旅行、最後の朝を迎えてしまった。

この日も朝から、刑事が高梨家を訪れ、家人に対する事情聴取を行なっている。やや遅れて谷口検事もやって来た。

谷口の顔を見たのをきっかけのように、和泉夫妻は帰り支度を整えて、龍太郎に最後の挨拶に行った。

「行きなさるか」

龍太郎老人は心底、寂しそうに言った。和泉は宇田川の「手紙」のことを口にしないまま別れを告げた。すべては龍太郎老人の裁量に委《ゆだ》ねて去るつもりだった。

玄関には春香だけが見送りに出た。駅まで送って行くというのを断った。すでに夕クシーを呼んであった。

タクシーの運転手は竹田から湯布院町に引き返して来た時の、年配の男だった。和泉夫妻のことを憶えていて、「まったく、高梨さんのところは、えらいことになっとりますなあ」と言った。

「竹西さんいいましたか、夏美さんの婿さんは殺されるは、桂子さんは死ぬは、宇田川さんも殺されるは……いやあ、不気味なことですなあ。金持ちになるのもええが、殺したり殺されたりまでしてなりたいとは、思いませんなあ」

運転手がそういう話をするというのは、湯布院中が高梨家の噂でもちきり——ということなのだろう。

「さっき、愛子さんいう若いお手伝いが、早う逃げ出したい言うてましたが、おそらく桂子さんも逃げ出したかったのと違いますかなあ。あの人は高梨家の中のことは、よう知っちょったですからな。そういえばあん時も、なにやらソワソワしちょるようにも見えたけどね」

「あの時とは、いつなの？」

和泉は訊いた。

「ほれ、竹西さんいう人が殺された次の日じゃったかな。あの日です」

「その日に、桂子さんの様子がおかしかったのですか？」

「そうじゃねえ、そういわれてみると、バスに乗るときも隠れるみたいにしとったかなあ」

「バスに？　どこへ行ったのかな？」

「阿蘇行きのバスじゃったですよ」

「阿蘇行き？　……」

和泉はドキッとした。麻子も同じ気持ちだったらしい。二人は顔を見合わせて、しばらくそのままの姿勢を保った。

車が大きくカーブを切ったはずみで、腰を浮かすような恰好をしていた麻子は、夫の膝の上につんのめった。

「阿蘇行きのバスに乗ったって、それは何時頃の話なの？」

和泉は声が震えるのを抑えながら、訊いた。

「ええと、あれはたしか『くじゅう4号』じゃったかな。午後一時半頃に出るバスですよ」

「午後一時半……」

和泉は運転手の言葉を復唱した。

「阿蘇行きは一時七分発じゃないの？　われわれはそれに乗ったのだけど」

「ああ、それは阿蘇山行きの観光バスでしょうが。それでなくて、ＪＲの阿蘇駅へ行くバスがあるのですよ。たしか三時半頃、阿蘇駅に着くのじゃなかったかな」

三時半に阿蘇駅に着けば、そこからタクシーに乗って、和泉夫妻が山頂を見物して、ロープウェイで降りてくる前に、阿蘇山に着くことは可能だ。

「ねえ、じゃあ、あの時の女の人、やっぱり桂子さんだったんですよ」

タクシーを降りるとすぐ、麻子は言った。

「どうかな、阿蘇行きのバスに乗ったからといって、阿蘇まで行ったとはかぎらないだろう。途中のどこかで降りたのかもしれないじゃないか」

言いながら、和泉は内心では、麻子が阿蘇で見かけた女が大木桂子であることを認めようとしていた。それを認めることによって、何かが動き出しそうな予感がしきりにした。

5

発車時刻まで二十分以上、間があった。

待合室の固いベンチに腰を下ろしていると、麻子が阿蘇で見たという女のことが気になってならない。

「おい、その女だけど、確かに大木桂子さんだったのかね?」

「だと思ったけど……でも、確かかどうかって言われたら、分かりませんよ」

「分からなくちゃ困るんだがなあ。きみはどうもオッチョコチョイだから、肝心な時にちゃんと見ていないのだ」

「そんなこと言ったって……呆れたわねえ」

麻子は和泉の身勝手に、怒りかけて、吹き出してしまった。

「だけど、もしあの女の人が桂子さんだったとしたら……そんなはずないと思うんだけどなあ……だって、あの日は、竹西さんが亡くなって、高梨家はたいへんだったわけでしょう。そんな時に阿蘇なんかへ行っているひまがあるかしら？」

「そうだよ、ないはずだよ。だから、もし行っていたとすると、おかしい……それで、その相手の男だが、どうだった、政次郎氏だったかい？」

「だから、男の人の顔は見ていないのよ。でも、若い人っていう感じじゃなかったことだけは確かね」

「政次郎氏は車を持っているのかな？　いや、それ以前に免許はどうなんだろう？」

和泉は急に気になった。駅の公衆電話から春香に電話して、そのことを訊いてみた。

「叔父が、ですか？　車は持ってませんけど、免許は持ってるはずです……でも、それが何か？」

不安そうな声を出した。

「いや、ちょっと思いついたことがあったものですからね」

「あの、思いついたことって、何か事件に関係のあることですか？」

「ええ、まあ……」

和泉は逡巡してから、思いきって訊いてみた。

「竹西さんが殺された次の日——つまり、桂子さんが亡くなった日のことですが。午後四時頃、政次郎さんはお宅におられましたかねえ？」

「えっ？　……」

春香は予期しない質問に戸惑ったが、すぐに答えた。

「ええ、あの日はずっとこの家にいました。いつも行く『天井桟敷』にも行かなかったと思いますよ」

「ぜんぜん……一歩も出た様子はありませんか？」

「それは、ずっと監視していたわけじゃありませんから、五、六分ぐらい外に出たとしても、そこまでは分かりませんけど……」

「そうですか……」

和泉は落胆して、電話を切った。

「どうやら、その男は政次郎さんじゃなかったらしいね」

「そうなの……もっとも、女の人だって、はたして桂子さんかどうか、定かじゃないのですものね」

「うーん……それはそうだが、かりにその女が桂子さんだったと仮定すると、その男の正体が気にかかるねえ」

「そうね、確かにそれは言えるわねえ。あの印象だと、かなり親しい間柄を想像させますもの」

「ん？　なんだ、そうなのか？　きみの言っていた感じだと、なんだか無理やり引きずり込まれたような印象だったが」

「そうよ、それは嘘じゃないわ。でも、無理やり引きずり込まれたのに、そのあと無事だったんですもの、親しい間柄だっていうことが言えるんじゃない？」

「なるほど……そういう論理か」

和泉は感心して頷いた。確かに麻子の言うとおり、もし親しくない相手に「引きずり込まれた」のなら、そのまま無事に高梨家に戻ってはこなかっただろう。

列車の到着を告げるアナウンスがあった。二人はノロノロと動いてホームへ行った。

列車に乗って、シートにおさまってからも、和泉は何か大切な物を忘れてきたように落ち着かない気分であった。

列車は由布院を発車してまもなくトンネルを抜け、大分へ下る谷あいを走る。由布院盆地は一瞬の間に視野から消え失せる。次の湯平駅を出るあたりは、左右に急峻な山肌が迫り、もの寂しげな雰囲気だ。

「半世紀もの昔に、宇田川さんはこの線路の上を通って湯布院に入ったわけだなあ……」

和泉は感慨深げに言った。

「あら、その頃、もう鉄道が走っていたのかしら?」

「ん?　そりゃ走っていただろうさ。宇田川さんはこの汽車に乗って湯布院に行き、政次郎氏はここを通って戦争へ行ったのだな。さまざまな人間の歴史と哀歓が、この線路に刻まれているというわけだ」

「じゃあ、宇田川さんは湯布院に入って、ほとんどあそこから出ないで一生を終えてしまったのかしら?」

「そうなのだろうねえ」

「結婚もしなかったのねえ」

「ああ、そうだな……いったい何のための人生だったのかと考えると、まったく気の毒としか言いようがないな」

「ほんとに滅私奉公ね」

「ああ、滅私奉公だ」

おうむ返しに言ったとたん、和泉はズキンという胸の痛みを感じた。「滅私奉公」の文字が頭に焼き付いた。レールの単調なひびきが「メッシ、メッシ……」と聞こえるような気がしてきた。

「おい、ひょっとすると、たいへんな間違いをしているのかもしれないぞ」

和泉は立ち上がって、言った。

「どうしたの？　そんな怖い顔をして」

麻子はびっくりして、和泉の顔を見上げた。

「とにかく降りるぞ」

和泉は棚の上の荷物を下ろしはじめた。

「降りるって言ったって、この列車は大分まで停まりませんよ」

「ん？　ああ、そうか……」

和泉は腰を下ろした。

「どうなさったの？」

麻子は、やんちゃ坊主を慰めるような、優しい口調で訊いた。

「いや……」

和泉は首を振った。いま生まれたばかりの着想は、誰にも話したくない――と思った。話さずにすむものなら、永久に自分一人の胸に仕舞って置きたかった。

ともかく大分駅まで行って、そこから高梨家に電話して、ふたたび春香を呼び出した。

「ちょっと、至急に調べていただきたいのですが、さっきは政次郎さんのことについてでしたが、今度は宇田川さんです。宇田川さんは運転免許証を持っていたかどうか、分かりませんか？」

「はあ……」

春香はあまりにも突拍子もないことを言われて、面喰らった様子だった。

「宇田川さんは免許は持っていましたけど」

「えっ？　そうですか……それじゃ、あの日の午後、どこで何をしていたかも分かりますか？」

「ちょっと待ってください……」

しばらく考えていたが、思い浮かばないらしい。「あら、そういえばどこにいたのかしら？　……」などと言っている呟きが聞こえてくる。

「すみません、ちょっと分かりませんので、愛子さんに聞いてきます」

電話をそのままにして、しばらく待たせてから、息を弾ませて戻ってきた。

「あの、あの日の午後、宇田川さんはちょっと外へ行っていたみたいです」

「どこへ行ったのか、分かりませんか？」

「たぶん、警察に呼ばれたのだろうって、愛子さんは言ってますけど……」

「警察に？」

「ええ、あの日は、事件のことでいろいろ事情聴取があって、桂子さんもしばらく姿が見えなかったみたいです」

和泉は礼を言って電話を切った。

「宇田川さんが？　……」

和泉の脇で心配そうに夫を見上げて、麻子は眉をひそめた。

「ああ、どうもそうらしい」

和泉も眉間に縦皺を刻んで、吐き出すように言った。それから手帳を調べて、大分地方検察庁に電話した。

谷口検事は在席していた。

「いましがた戻ったところです……え？　いま大分駅ですか？　じゃあお寄りくださいよ。城下《しろした》ガレイの旨い店に案内します」

「いや、そんな呑気なことで電話したわけじゃないんだよ。じつはね、湯布院の事件の真相が分かったような気がするのだ」

「え？　事件の真相って……どういう意味ですか？」

「だからさ、事件の真相——つまり、犯人が誰かが分かったという意味だよ」

「ほんとですか？」

「谷口君、エリート検事がそういうつまらない質問を発するな。嘘をついたってしようがないだろう」

「はあ、申し訳ありません。それでは、これからすぐにお迎えにあがりますので、改札口でお待ちください」

谷口は和泉のただならぬ気配を察知したのだろう、緊張した声になった。

駅近くにある、谷口の馴染みの喫茶店に行って、奥まったテーブルに坐った。

「内緒話をするから、お客さんをあまり近付けないでね」

谷口はコーヒーを運んできたマスターに、冗談めかして言って、「さあ、どうぞお話しください」と和泉に向き直った。

「これはもちろん、仮説だがね」

和泉はいきなり言った。

「犯人は宇田川信之氏だよ」

「は？……」

エリート検事は、やや間の抜けた顔になった。いや、ひょっとすると、かつての恩師がボケたとでも思ったのかもしれない。

「あの、先生、宇田川信之氏は被害者のほうですが」

申し訳なさそうに、言った。

「ある意味ではね」

和泉は頷いた。

「しかし、殺人事件の——ということであれば、被害者ではないのだよ」

「ちょっと待ってください。先生、どうか気持ちを静めてですね……」

「何を言っているんだ、気持ちは静かそのものだよ。もっとも、さっき、このことに気づいた時には、さすがに、いささかうろたえもしたがね」

和泉は麻子を見返って、「なあ」と笑いかけた。麻子はかすかに頷いただけで、笑顔にはならなかった。

「驚きましたねえ。奥様までが……」

谷口は和泉夫妻の顔を交互に見比べて、溜め息をついた。

「先生、いいですか、宇田川というのは金鱗湖のほとりで殺されていた、高梨家の執事——つまり被害者の名前ですよ」

「そこが間違っていると言ってるのだよ。彼を被害者だと思うのが間違いなのだ」

「困りましたねえ、現に宇田川氏は殺されていたじゃありませんか」

「殺されていたのではなく、正確には、死んでいたと言うべきだろう」

「それはそのとおりですが……え？　それでは先生は、宇田川氏は自殺だとお考えなのですか」

「そうだよ、彼は自殺したのだ」

「いや、お言葉を返すようですが、それは残念ながら違います。宇田川氏は殺されたのですよ」

「証拠は？」

「宇田川氏が飲んだ缶コーヒーの缶が、少し離れた林の中から発見されていますからね」

「それだけだろう？」

「はあ、それだけですが……しかし、必要にして充分な条件だと思いますが。まさか、毒を飲んだあと、宇田川氏が林へ向かって投げた——などとおっしゃらないでしょうね」

「ばかなことを言いなさんな。そんなことではない。しかし、林の中に缶を捨てた点は、そのとおりだと思うよ」

「いや、それは無理です。あの毒物は即効性が強いですからね、服毒したら即死するといってもいいくらいです。とても湖畔まで走ってゆく時間的余裕はありません」

「何を言っているんだ。何も缶を捨てた場所で飲むことはないだろう。たとえば、別の容器——そうだな、アイスクリームの紙容器でもいいとするか——そういうものにコーヒーを入れ換えて、湖畔まで行けばいい。そして服毒後、容器を湖へ向かって捨てる……これなら痕跡は残るまい。よもや、紙容器に缶コーヒーが入っていたとは思わないし、発見されたとしても、湖水に洗われて毒物の痕跡は残っていないだろうからね。これで、なぜ湖畔で死ななければならなかったかの疑問も解決するじゃないか」

「…………」

谷口はようやく、ことの重大さに思い当たった様子だ。

「ど、動機……動機は何ですか？　何のためにそんな？　……」

「動機は、つまり、自殺の動機は、罪を償うためと、それから、政次郎氏を失脚させるためだろうね」

「えっ？　罪を償うとおっしゃいますと、ほかの……つまりあの、竹西さんの事件のことですか？」

「ああ、それと、大木桂子さんの事件もだがね」

「えっ、では、彼女も宇田川氏……いや、宇田川に殺害されたのですか？」

「そう、おそらくそれが真相だろう」

和泉は言って、ようやく、冷たくなったコーヒーを口に運んだ。

エピローグ

小倉駅を出る時には、小雨がパラついているような天気だったが、関門《かんもん》トンネルを抜けてまもなく、薄日が射してきた。

「曇りのち晴れか」

和泉は呟いた。すべてがそうであって欲しいと希《ねが》う気持ちが、そう言わせた。

「なんだか、おかしなフルムーン旅行だったなあ」

「ほんと、でも、変化に富んでいて、こんなこと言うといけないけど、いい体験だったっていう気もしないでもないの」

「ははは、そりゃ、問題発言だな」

「でも、いくらお金を出したって、こういう経験はできっこないわ」

「そりゃそうだがね……いや、ほんとうにそうかもしれないなあ。旅をするっていうのは、本来、こういうことを言うのかもしれない。思いがけない出来事だとか、未知の世界との遭遇とかいう……」

山陽《さんよう》新幹線は目まぐるしいほどトンネルが多い。トンネルを抜けるたびに風景が変化してゆく。

「谷口さん、驚いていたわねえ」

麻子は思い出し笑いをしながら、言った。

「宇田川さんが犯人だって聞いた時は、あなたの頭がおかしくなったのじゃないかって——そういう顔をしてたわ」

「ははは、あいつは頭がいいが、真面目すぎるのが欠点だな。発想の転換がきかない。もっとも、おれの言ったとおりかどうか、真相は分からないがね」

「そうね、わたくしだって、まだあなたの推理を信用していいかどうか、戸惑っているくらいですもの」

「しかし、宇田川が被害者じゃないと気がついたのは、きみのお蔭だぞ」

「え？　どうして？」

「きみが滅私奉公と言っただろう」

「あら、それはあなたが言ったのよ」

「いや、自分で言った時には気がつかなかったのだな。由布院駅を出て、列車に乗ってから、きみが言ったので、あっと思った。そうだ、宇田川氏は最後まで滅私奉公に徹したのじゃないか——とね」

「もしそれが当たっていたとすると、壮烈な最期ね」

「ああ、壮烈だが、しかし、それだけじゃないよ。彼がそうしたのには、宇田川氏なりの美意識があったのだろうね。大木桂子さんとの関係を、竹西さんに押し付けるために、二人を殺してしまうなどというのは、いくら何でもひどすぎる」

「でも、竹西さんの側にも、そうされるだけの原因があったのでしょう？」

「ああ、竹西さんは、宇田川氏と桂子さんの関係を知って、金づるを摑んだ——ぐらいに思ったに違いない。『不義はお家のご法度《はっと》』みたいな古い思想に凝り固まっている二人だから、ほとんど竹西さんの言うままになったのだろうな」

「だけど、不義だなんて……お二人はそれぞれ独身じゃありませんか」

「いや、それは常識的な考え方というものだろう。宇田川氏のように古い倫理観の持ち主にとっては、そういう赤裸々な部分が明るみに出るのは、死ぬより恥ずかしいことのように思えたにちがいない。いまの日本人のほとんどが、恥を知らないのとは対照的と言っていい。ひょっとすると、大木桂子さんもそうだったかもしれない。それをいいことに、竹西さんは宇田川さんから搾《しぼ》り取るだけ搾っていた。高梨家の経理にはどんどん穴が開く。やがて龍太郎さんが亡くなって、経理の監査が入れば、その不正事実は明るみに出てしまう……これじゃ、おとなしい宇田川氏といえども、堪忍袋の緒が切れて当然だよ」

「でも、桂子さんを殺したのはなぜなのかしらねえ？」

「彼女が脅えて、秘密を守りきれないと判断したのだろう。おそらく桂子さんは、事情を話すつもりで、われわれを阿蘇まで追って来たに違いない。宇田川氏はそれに気づいて、レンタカーを借りて、引き止めに向かったのだろう。レンタカー屋を探し出して、そういう事実があるかどうか調べれば、宇田川氏の犯行の裏付けはほぼ完了するといっていいかもしれないな」

「でも、桂子さんがかわいそうだわ」

「どうかな……桂子さんも死ぬ気だったかもしれない。真相は分からないがね。彼女の遺体には、争ったような痕が見られなかったそうだよ。たとえ殺されたのだとしても、あまり抵抗しなかったのじゃないかな。それに、宇田川氏も、いずれ死ぬつもりだったろうしね。ある意味では心中……いや、殉職と言ってもいいと、おれは思っているよ」

「それじゃ、政次郎さんはとばっちりを受けたっていうことね」

「ああ、そうだね。宇田川氏としてみれば、生涯教育センターに対する、春香さんの一途な気持ちが、政次郎さんの金銭ずくの考え方に汚染されるのが、やりきれなかったのだろうな。それで、すべての罪を政次郎さんに転嫁するような工作を施した。前の晩、自分で自分の顔に傷をつけ、おまけに政次郎氏の靴を使って足跡まで細工している。まったく涙ぐましい努力と言ってもいいね。その上であの手紙を書いておけば、政次郎さんの、遺産相続に関する発言権が失われるだろうと思いついたにちがいない。しかも、宇田川氏自身の美意識も満足させるという、いわば一石二鳥か三鳥か……とにかく、じつにみごとなエピローグというべき幕切れだ」

「ほんとねえ……あら、そうだわ、一つだけ忘れていることがあるわ」

「何だい？」

「宇田川さんがあなたに渡した手紙、あれは龍太郎さんに置いてきたのでしょう？　だったら、それは宇田川さんの策謀だっていうことを、教えてあげないと……」

「その必要はないだろうな」

「あら、どうして？」

「龍太郎じいさんは、すでにお見通しだと、おれは思う」

「ほんとに？」

「ああ、あのご老人は宇田川さんと桂子さんの関係だって、先刻承知だったのじゃないかな。いや、知らないはずがないよ」

「そうね、そうよねえ……」

麻子も深く頷いた。

それから二人は、それぞれの想いの中に沈み込んだ。和泉はもっぱら捜査の進展具合について、あれこれと思い描いた。龍太郎老人や春香、それに雄一の将来についての配慮を望むのは、所詮、無理というものだろうか――。

「雄一君はどうなるのかしらねえ」

麻子は、やはりそのことを気に掛けていたらしい。

「それも龍太郎老人の胸のうちにあるさ」

和泉は確信をもって、言った。

車内検札がやってきた。

「あ、先日のお客様」

車掌が帽子を取って挨拶した。迷子騒ぎでてこずらせた、あの時の車掌だった。

「そうですか、今日お帰りで……それで、あの坊やはいかがなりましたか？」

「ああ、無事に届けましたよ。お母さんも現れて、万事うまく収まりました」

「ほう、それはよろしゅうございました。それでは、よいご旅行をお楽しみいただけたわけですね」

「ああ……」

和泉は麻子と視線を交差させて、ニヤリと笑って言った。

「お蔭さんで、ゆったり、のどかで、いい旅ができましたよ」

自作解説

湯布院がいまほど人口に膾炙《かいしや》されるようになったのは、昭和六十年ごろからではないかと思います。大分県別府《べつぷ》市から山を越えて行った由布院盆地にある温泉場として、旅行雑誌などでさかんに紹介され始めたのが、そのころでした。

その少し前ごろから、国鉄（現JR）では「ディスカバージャパン」につづき「フルムーン」キャンペーンが始まっていました。初代の上原謙《うえはらけん》・高峰三枝子《たかみねみえこ》のコンビから二代目の二谷英明《にたにひであき》・白川由美《しらかわゆみ》夫妻へとバトンタッチするにあたって、テレビと出版のタイアップで、小説のドラマ化が企画され、その原作の執筆依頼が僕のところに持ち込まれました。

僕は二谷・白川夫妻のファンでもありましたし、そういう小説づくりも面白いかと思って引き受け、「フルムーン探偵シリーズ」と銘《めい》打って『湯布院殺人事件』を書きました。中央公論社から新書判として出版されたのは平成元年三月のことです。

この年は僕の執筆活動がもっともさかんだった時期で、『城崎殺人事件』から『神戸殺人事件』までの十一作品、十二冊を上梓《じょうし》しています。これは現在のほぼ二倍。よく働いたものだと感心しますが、とりわけ、『湯布院殺人事件』に次ぐシリーズの『釧路湿原殺人事件』を十一月に刊行しているというのは、いかに僕がそのキャンペーンに協力的であったかを物語っています。

ところが、この第二作目のほうはテレビドラマ化されないままで終わりました。理由はよく分かりませんが、季節的な要因とか遠すぎるといった難点があったと聞いています。その後テレビの「フルムーン探偵」シリーズは、シナリオライターのオリジナル作品で制作するということになり、僕には原案料というのが支払われるという通知がありました。なんだか気負ったぶん損した気分でしたが、「ま、いいか」と思っていたら、原案料のほうもなしくずしになってしまいました。以来、そういうテレビがらみの話には乗らないように気をつけています。

といったようなわけで「フルムーン探偵」シリーズは『湯布院』『釧路湿原』の二作だけでストップしていますが、中年（初老ともいえる）夫婦のコンビが名探偵という設定は面白いので、今後いつか復活する可能性がないことはありません。

湯布院の取材は昭和六十三年の十二月でした。ひどく冷え込んで、霧の底に沈む由布院盆地を見ることができました。じつに美しかった。湯布院は至る所から温泉が湧いて、湯の川が流れているために、ほぼ年間を通して霧の海を見ることができるのだそうです。ちなみに、由布院と湯布院はごっちゃになってややこしいのですが、そのいわれについては本文の中で説明してあります。

プロローグで、二人の男女が白亜のビルの中で死体と遭遇する、その「ビル」は現実にそこにあったものです。由布院盆地を囲む山肌の中腹に、およそ場違いな七階建てのビルがそそり立っています。外見は立派できれいなのですが、近寄って窓の中を見ると部屋は荒れ果て、いったいここで、どんな忌《い》まわしい事件があったのだろう――と想像させるような雰囲気が漂っていました。

後で聞いてみると、このビルは新築以降、まったく使われないままになっているという、まるで琵琶《びわ》湖の幽霊ビル――『琵琶湖周航殺人歌』（講談社刊）参照――を彷《ほう》彿《ふつ》させる話でした。そういえば、たしか琵琶湖のビルもそうだったと記憶しているのですが、湯布院のこのビルも北九州の業者が建てて、途中で倒産した代物と聞きました。これとよく似た話と建物を、兵庫県の城崎《きのさき》温泉を取材したときに見つけ、早速《さっそく》『城崎殺人事件』（徳間書店刊）に使わせてもらいました。いずれにしても、こういう人間の愚かさを象徴するモニュメントのようなものがミステリーの題材にはうってつけです。

そういった外来資本などによる理不尽にして無節操な開発の波から湯布院を守ったのは、湯布院町の若い人々だったそうです。その先達《せんだつ》となった中谷《なかや》健太郎《けんたろう》氏や溝口《みぞぐち》薫《くん》平氏《べい》などと会って、苦労話をいろいろ聞かせていただきました。僕はつねづね「看板公害論」を主張しているのですが、湯布院ではまず看板の一掃から手がけたそうです。ばかげた看板を無くすだけで、どれほど町の景観が美しくなるか、湯布院を見ればよく分かります。僕の住む軽井沢は国際観光都市を標榜《ひょうぼう》しているくせに、美しい風景を隠すように看板が林立しています。旅をしているとよく、列車の窓から、左右の山の緑ゆたかな中腹や頂上に、巨大な看板が建てられてあるのを目にしますが、あんなものを放置しておくのが、日本人の美意識のレベルかと思うと情けない。自分の土地に、あるいは自分の金でどんな看板を建てようと自分の勝手だ、文句があるか——という精神なのでしょうか。

いや、いくら湯布院だとて、同じ日本国の一部である以上、そういうエゴイスティックな美意識の持ち主がいなかったわけではないでしょう。湯布院の人々の立派なのは、それらの人々を説得し、抵抗を排除して、町が一丸となって改革をなし遂げたところにあります。その力の結集が、ついには「湯布院映画祭」という大きなイベントを、あの不便で何もないような場所に誘致する成功に結びついたのです。まさに町おこし村おこしの典型が湯布院にあるといっていいでしょう。

——と褒めつつ、ちゃっかり、その湯布院を殺人事件の舞台にしてしまったのだから、僕の美意識もいいかげんなものです。

湯布院の取材には中央公論社の新名《にいな》クンと一緒に行きました。上から読んでも下から読んでも「新名新《しん》」という海苔《のり》屋さんみたいな名前ですが、これは本名です。別府の地獄めぐりをしてから、彼の運転で峠を越え、由布院盆地に入って行って、まずいきなり前記のビルに出くわしました。そこに死体こそなかったが、ショッキングな眺めだったことは事実です。

それにしても湯布院はいい。雑誌か何かのアンケート調査によると、「もう一度行きたい場所」のトップは湯布院だそうですが、それも頷《うなず》けます。僕たちが泊まった「玉の湯」は全館が離れ形式になっていて、ゆったりとした造りで、それぞれに庭に面した湯殿があります。こんなところなら一週間ぐらいは滞在しても——と思ったのですが、人気のある宿はそうはいきません、一泊だけで追い出され、次の日は近くの民宿みたいな旅館に泊まる羽目《はめ》になりました。まさに天国と地獄(失礼)、「王子とナントカ」という物語があるけれど、その落差を感じさせる湯布院の旅ではありました。

本書『湯布院殺人事件』は、僕の作品の中では、珍しく横溝正史《よこみぞせいし》調の因縁《いんねん》・怨念《おんねん》ばなしのにおいのするものになっています。神社の境内で首吊りがあったり、湖に死体が浮かんでいたり——というのも、なんとなくおどろおどろしい。これと同じ材料を「浅見光彦」で書いたら、はたしてどんなものになっただろうと思うことがあります。

一九九四年初冬

内田康夫

●本書は一九九三年十月、中公文庫として刊行され、一九九四年十二月に光文社文庫で刊行されたものです。なお、本書はフィクションであり、実在のいかなる団体・個人等ともいっさい関係ありません。

|著者|内田康夫　1934年東京都生まれ。CM製作会社の経営をへて、『死者の木霊《こだま》』でデビュー。名探偵・浅見光彦、信濃のコロンボ・竹村岩男ら大人気キャラクターを生み、ベストセラー作家に。作詩・水彩画・書など多才ぶりを発揮。1983年から住んでいる軽井沢には「浅見光彦倶楽部」もあり、ファンクラブ会員2万人を超える盛況ぶりである。2007年3月に、宿泊施設「浅見光彦の家」がオープンした。2008年第11回日本ミステリー文学大賞受賞。

湯布院殺人事件《ゆふいんさつじんじけん》

内田康夫《うちだやすお》

講談社文庫
定価はカバーに
表示してあります

2009年8月12日第1刷発行

発行者――鈴木　哲
発行所――株式会社　講談社
東京都文京区音羽2-12-21　〒112-8001
電話　出版部（03）5395-3510
　　　販売部（03）5395-5817
　　　業務部（03）5395-3615

デザイン―菊地信義
本文データ制作―講談社プリプレス管理部
印刷―――中央精版印刷株式会社
製本―――中央精版印刷株式会社

Printed in Japan

ISBN978-4-06-276438-4

講談社文庫刊行の辞

二十一世紀の到来を目睫に望みながら、われわれはいま、人類史上かつて例を見ない巨大な転換期をむかえようとしている。

世界も、日本も、激動の予兆に対する期待とおののきを内に蔵して、未知の時代に歩み入ろうとしている。このときにあたり、創業の人野間清治の「ナショナル・エデュケイター」への志を現代に甦らせようと意図して、われわれはここに古今の文芸作品はいうまでもなく、ひろく人文・社会・自然の諸科学から東西の名著を網羅する、新しい綜合文庫の発刊を決意した。

激動の転換期はまた断絶の時代である。われわれは戦後二十五年間の出版文化のありかたへの深い反省をこめて、この断絶の時代にあえて人間的な持続を求めようとする。いたずらに浮薄な商業主義のあだ花を追い求めることなく、長期にわたって良書に生命をあたえようとつとめるところにしか、今後の出版文化の真の繁栄はあり得ないと信じるからである。

同時にわれわれはこの綜合文庫の刊行を通じて、人文・社会・自然の諸科学が、結局人間の学にほかならないことを立証しようと願っている。かつて知識とは、「汝自身を知る」ことにつきていた。現代社会の瑣末な情報の氾濫のなかから、力強い知識の源泉を掘り起し、技術文明のただなかに、生きた人間の姿を復活させること。それこそわれわれの切なる希求である。

われわれは権威に盲従せず、俗流に媚びることなく、渾然一体となって日本の「草の根」をかたちづくる若く新しい世代の人々に、心をこめてこの新しい綜合文庫をおくり届けたい。それは知識の泉であるとともに感受性のふるさとであり、もっとも有機的に組織され、社会に開かれた万人のための大学をめざしている。大方の支援と協力を衷心より切望してやまない。

一九七一年七月

野間省一

講談社文庫 最新刊

東野圭吾　赤い指
金曜の夜、家に帰ると少女の遺体が――。加賀恭一郎が解明する、事件より大切なこと。

重松　清　青春夜明け前
10代、男子。勘違い全開の季節。妻よ、娘たちよ、これが男子だ！〈文庫オリジナル〉

あさのあつこ　NO.6〔ナンバーシックス〕#5
治安局員に連行された沙布《さふ》を救うため施設に潜り込んだ紫苑《しおん》とネズミ。そこは地獄だった。

江上　剛　絆
昭和から平成、高度経済成長からバブルへ。名もなき男たちの姿が、日本を支えてきた。

鏑木　蓮　東京ダモイ
抑留中にシベリアで起きた殺人事件。帰還《ダモイ》を果たした男が謎に迫る。江戸川乱歩賞受賞作。

有栖川有栖　新装版 46番目の密室
密室小説の巨匠が殺された。それも自ら考案したトリックで？　初期の傑作長編を新装化。

歌野晶午　新装版 動く家の殺人
名探偵・信濃譲二はなぜ殺された？　大胆かつ巧妙なトリック。驚愕の家シリーズ第3弾。

常光　徹　学校の怪談〈K峠のうわさ〉
読み継がれてきた〝学校の怪談〟を著者厳選の百物語形式で刊行。大人も読める怪談第一集。

篠田真由美　angels《エンジェルス》――天使たちの長い夜
夏休み、学校で殺人事件が起きた。蒼こと薬師寺香澄が活躍する建築探偵シリーズ番外編。

化野《あだしの》　燐《りん》　呪《じゅ》物《ぶつ》館《かん》〈人工憑霊蠱猫〉
妖怪図譜を巡る戦いは〝呪物〟の流れ着く果てとされる世にも奇妙な博物館へと舞台を移す。

田中芳樹　霧の訪問者〈薬師寺涼子の怪奇事件簿〉
美貌と才能を合わせ持つ超エリート警察官僚のお涼さまが、軽井沢でさらにパワーアップ！

吉村葉子　お金をかけずに食を楽しむフランス人 お金をかけても満足できない日本人
フランス人は普段何を食べている⁉　お洒落に美味しくのヒントが満載。〈文庫書下ろし〉